O. 헨리
단편 Concert 콘서트

Feel your Pathos and Emotion!

O. 헨리

단편 콘서트

초판1쇄 인쇄 2014년 04월 26일
초판1쇄 발행 2014년 04월 28일

지은이 | O. 헨리
편 역 | 박영만
디자인 | 김경진
홍 보 | 박혜선
마케팅 | 임인엽, 박혜린

펴낸 곳 | 프리윌출판사
등록번호 | 제2005-31호 등록년월일 | 2005년 05월 06일
주소 | 경기도 고양시 일산서구 대화동 한류월드로 408
       킨텍스 오피스동 1402-D호
전화 | 031-813-8303   팩스 | 031-922-8303
E-mail | freewillpym@naver.com

출력·인쇄 | 광문인쇄
제책 | 은정문화사

값 13,000원
ISBN 978-89-93379-52-5 (03840)

ⓒ 프리윌출판사 2014
※ 이 출판물의 저작권은 프리윌출판사가 소유합니다.
   신 저작권법에 의하여 보호를 받는 저작물이므로 무단전재와
   무단복제를 금합니다.

차례

제1화, 슬픈 오류   009
〈미네르바〉 편집장 / 그라머시의 소설가 /
〈영혼의 각성〉 / 서로 다른 견해 / 더우의 제안 /
슬픈 오류

제2화, 물레방앗간 교회   031
독수리의 집 / 아브라함 장로님 / 어글레이어 /
사건 / 딸을 위한 두 가지 사업 / 로즈 체스터 /
통나무 벤치 / 편지의 사연 / 물방아가 돌아가면~ / 전보…

제3화, 5달러   063
랜시와 애릴러 / 자유를 주기 위해 쓴 문서 /
이혼 판결 / 월계수 숲길에서 /
테네시 주의 이름으로 / 얼룩진 암탉이…

제4화, 여자의 마음   083
영광의 상처 / 결혼이란 이름의 배 / 노동절 /
분노의 여신처럼 / 드디어…

제5화, 남자의 습관   101
아파트의 일상 / 사건 / 자유의 의미 / 후회 / 시계추

제6화, 도시는 아득히 먼 곳에 있었다   115
알프스의 최고봉 마터호른 / 어머니의 편지 / 대지의 소리들 /
되살아난 전원의 피 / 천만송이 사과나무 꽃

제7화, 어떤 만남   133
연기된 여행 / 귀공자 블링커 / 만남 / 이상한 힘 / 여객선 /
위기의 순간 / 골목길 / 응접실…

제8화, 섬   155
소피의 계획 / 구운 물오리 고기 / 멍청한 경찰관 /
내동댕이쳐진 신사 / 버델리아 / 치안방해 / 비단우산 /
소피의 운명

제9화, 원칙과 우정 사이   173
철물점 문간의 사나이 / 두 친구의 약속 / 해후 / 쪽지

제10화, 현자의 선물   185
델라와 짐 / 20 달러 / 사랑과 긍휼 / 진정한 현자

제11화, 마지막 걸작   199
그리니치빌리지 6번가 / 불청객 / 의지를 갖는 일 /
담쟁이덩굴 / 베어먼 할아버지 / 우정 / 걸작

제12화, 아홉 개의 빈 병   217
윌리엄의 집안 / 윌리엄의 어린 시절 / 코툴라의 대 목장 /
목장에서 토지 관리사무소로 / 에이돌과의 만남 / 롤링스톤 / 상처 /
시련과 성공 / 아홉 개의 빈 병 / 그가 남긴 페이소스

프롤로그

　미국 에머리대학 신경연구센터 그레고리 번스 박사는 소설 한 편이 실제로 한 사람의 인생을 바꿀 수 있다는 연구 결과를 발표했다. 소설에 나오는 주인공을 자신과 동일시하면 뇌 신경회로가 바뀌며, 문학성이 풍부한 소설은 타인을 이해하는 능력을 높여준다는 것이다. 즉 문학성이 높은 소설은 문장이나 플롯에서 독창적인 장치를 많이 쓰는데, 그만큼 독자들로 하여금 지적이고 창조적인 사고를 하게 만들고, 독자들은 그런 낯선 경험을 통해 무심코 지나쳤던 타인의 감정도 잘 이해할 수 있는 능력을 생성시킨다는 것이다.

　O.헨리 단편문학의 특징은 위트 있는 표현력과 예상치 못한 반전에 있다. 은유와 직유를 통한 위트 있는 수사, 그리고 의표를 찌르는 결말을 통해 독자들에게 강한 울림을 주면서 책을 덮은 후에도 한동안 무언가 사라지지 않는 여운을 남긴다. 우리의 뇌 신경회로를 건드려 타인을 이해하는 능력을 높이는데 안성맞춤인 작품들이다.

　아울러 그의 단편문학 전편에 흐르는 정서는 애상감(페이소스)

과 인간애(휴머니즘)로서, 인간 내면의 깊은 통찰을 통해 형상화되는 주제들은 우리들의 억눌린 마음을 힐링하고, 오염된 영혼을 정화하기에 충분한 작품들이다.

 이와 같이 수록된 각 작품들은 우리들의 내면을 흔드는 감동의 교향곡이며, 가슴 찡한 하모니이며, 깨달음을 주는 소나타이다. 현대적 감각으로 새롭게 번역·구성된 O.헨리 단편문학 작품집 〈O.헨리 단편 콘서트〉를 통하여 독자여러분들의 삶의 치유와 감성의 카타르시스가 있기를 희망한다.

- 편·역자 박 영 만 -

제1화

슬픈 오류

원제
Proof Of The Pudding

〈미네르바〉 편집장

　봄이 마치 유리알 같은 눈동자로 윙크를 보내오고 있었다. 잡지 〈미네르바〉의 편집장 웨스트브룩의 발걸음은 자기도 모르게 늘 다니는 길이 아닌 다른 길로 이끌렸다. 브로드웨이의 한 호텔 식당에서 점심을 먹고 사무실로 가는 중에 그는 봄의 유혹에 사로잡혀 26번가 오른쪽을 돌고, 5번가 차량의 홍수를 지나 새싹이 움트는 메디슨 스퀘어 공원 쪽으로 향했다.

　공원의 여유로운 분위기는 사뭇 전원적이었다. 그 색조는 초록색으로, 하나님이 인간과 초목을 처음 창조할 때 주로 사용했던 그런 색이었다. 보도블록 틈에 솟아난 어린 풀들은 짙은 녹색으로, 지난 여름과 가을 흙에다 한숨을 내뿜은 세상의 실패자들에게 다시 한 번 용기를 북돋우는 것 같았다. 나무에서 움트는 새싹들은 40센트짜리 저녁식사 첫 번째 코스를 연구하는 사람들에게 왠지 구미가 당기는 그런 것이었다. 그리고 머리 위의 하늘은 약간 흐린 남빛이었다. 외견상 단 하나의 거짓도 없어 보이는 자연의 색깔은 새로 페인트칠을 한 벤치의 초록색과도 잘 어울렸다. 그것은 지난해 유행했던 크래버넷 방수코트의 바래지 않은 검정과 오이피클 중간쯤 되는 색이었지만, 도시에서 자란 웨스트브룩의 눈에는 그 모습이 빼어난 예술품처럼 느껴졌다.

이 스토리 속에 성급하게 뛰어든 독자든, 뛰어들기를 주저하는 성격의 소유자든, 이제부터 잠시 편집장 웨스트브룩의 마음속으로 들어가 보기로 하자.

웨스트브룩의 마음은 만족스럽고도 평온하다. 〈미네르바〉 봄호가 첫 달 10일이 되기도 전에 다 매진되었고, 지방의 한 판매업자는 '여분이 있었다면 50부 정도는 더 팔았을 것이다.'라는 편지를 보내오기까지 했다. 사장이 월급을 인상해 주었고, 집에는 유독 경찰관을 두려워하지만 요리는 잘하는 외국인 요리사를 두게 되었으며, 출판업자들의 만찬에서 행한 연설문 전문이 조간신문에 실리게도 되었다. 또한 마음속에는 아침에 아파트를 떠나기 전

매력적인 아내가 불러준 멋진 노래의 환희에 찬 곡조가 메아리치고 있다. 아내는 최근 부쩍 음악과 춤에 관심을 보이며 아침 일찍부터 부지런히 노래와 춤을 연습해오고 있다. 목소리가 좋아졌다는 그의 칭찬에 그녀는 매우 기뻐하며 남편을 껴안았다. 웨스트브룩은 봄이라는 친절한 간호사가 효과 좋은 강장제를 들고 회복기에 있는 도시의 병동으로 걸어 내려오고 있는 것 같은 분위기에 사로잡혀 있었다.

그라머시의 소설가

편집장 웨스트부룩이 부랑자들이나 비행청소년들의 후견인들이 자주 모이는 공원 벤치 사이를 천천히 산책하고 있을 때, 누군가 그의 소매를 잡아끌었다. 그는 구걸하는 사람인가 싶어 차가운 표정으로 고개를 돌려 손길의 주인공을 바라보았다. 그런데 그는 놀랍게도 더우… 섁클포드 더우였다. 지저분한 그의 옷차림은 거의 누더기에 가까웠고, 초라한 행색의 깊은 주름에서 점잖은 점이라곤 찾아보기 힘들었다.

편집장이 놀라움을 수습하고 있는 동안, 그의 머릿속에는 더우의 이력이 주마등처럼 스쳐갔다. 그는 소설가이고 웨스트브룩의 오랜 친구 중 하나이다. 한때는 서로 절친한 친구로 지냈었다. 그때는 더우에게도 돈이 좀 있어서 그는 웨스트부룩이 사는 집 가까운 곳에 깨끗한 아파트 한 채를 구입해서 살고 있었다. 두 가족은 종종 함께 저녁식사를 하거나 영화를 보러가곤 했었다. 그리고 그러는 사이에 더우 부인과 웨스트부룩 부인도 절친한 친구 사이가 되었다. 그런데 어느 날, 문어발이 더우의 재산을 삼켜버렸고, 더우는 그라머시(市)의 공원 근처로 이사를 갔다. 그곳은 1주일에 얼마씩 주고, 구식 샹들리에 밑에서 그을린 벽난로를 바라보며 트렁크 위에 올라앉아 쥐가 마루 위를 기어 다니는 것을 바라보아야만 하는 그런 곳이었다.

그곳에 살면서 더우는 소설을 써서 생계를 꾸려갈 작정이었다. 가끔씩 소설이 팔리기도 했다. 그는 친구인 웨스트부룩에게 여러 편의 소설을 보내왔다. 한두 편은 〈미네르바〉에 실리고, 나머지는 반송되었다. 웨스트부룩은 원고를 반송할 때마다, 주의 깊고 양심적인 개인 서신을 동봉하여 그 원고가 부적합한 이유를 자세히 써서 보냈다. 편집장으로서 그는 좋은 소설이란 어떤 것인가에 대해 명확한 개념을 가지고 있었다. 그리고 그것은 더우 또한 마찬가지였다.

더우 부인의 요즘 관심사는 그녀가 간신히 마련한, 얼마 안 되는 음식의 재료에 관한 것이었다. 하루는 더우가 그녀에게 몇몇 프랑스 작가들의 탁월함에 대하여 열변을 토했다. 그날 그들은 배고픈 남학생이 한 번에 꿀꺽 삼킬 만한 양의 저녁 식사를 앞에 놓고 앉아 있었는데, 더우가 그런 얘기를 꺼낸 것이다. 그러자 그의 부인이 말했다.

"그것은 모파상 헤시(잘게 썬 고기요리)예요. 예술은 아니지만 마리온 크로포드(미국 작가)의 연재물 다섯 코스와 엘라 휠러 윌콕스(미국의 시인)의 소네트 디저트로 만족하시길 바래요. 난 지금 배가 고플 뿐이라구요."

이만큼, 섹클포드 더우가 메디슨 스퀘어에서 웨스트부룩의 소매를 잡아당겼을 때, 그는 성공이라는 현실로부터 멀리 떨어져 있었던 것이다.

<영혼의 각성>

편집장 웨스트부룩이 이렇게 공원에서 뜻밖에 더우를 만난 것은 몇 달 만의 일이다.

"여어 섹, 자넨가? 오랜만일세!"

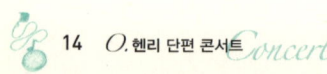

라고 말하며 웨스트부룩은 약간 어색해 했다. 자신의 말투가 상대방의 달라진 차림새를 지적하고 있는 듯한 느낌이 들었기 때문이다.

더우가 그의 소매를 잡아당기며 말했다.

"여기가 내 사무실일세. 잠깐 앉으라구! 이런 꼴을 하고 내가 자네 사무실로 갈 수는 없지 않은가? 여기 앉는 것이 그렇게 창피한 일은 아닐세. 다른 벤치에 앉아있는 애송이들은 자네를 대단한 도둑으로 알 거야. 유명한 편집장인지 모르고…"

"한 대 피우겠나, 섹?"

편집장 웨스트부룩이 녹색 페인트칠을 한 벤치에 조심스럽게 앉으면서 말했다. 그는 청을 들어줄 때는 항상 이렇게 흔쾌히 들어주곤 했다.

더우는 마치 물총새가 농어에게 덤벼들 듯, 또는 여자 아이가 초콜릿 크림에 달려들 듯 담배를 낚아챘다.

"나는 지금…"

하고 편집장이 다시 말을 꺼냈다.

그러자 더우가 그의 말을 가로막았다.

"아, 말 안 해도 알아. 성냥이나 좀 주게, 자네는 지금 10분밖에 시간이 없다는 걸 말하려는 거지?"

"소설은 어떻게 돼가나?"

편집장이 물었다.

"나를 좀 보게."

하고 더우가 말했다.

"그렇게 다정하면서도 솔직한 얼굴로, 소설 집어치우고 택시운전이라도 하지 그러느냐고 말하지 말게. 나는 끝까지 해볼 작정일세. 나는 내가 좋은 작품을 쓸 수 있다는 것을 알고 있고, 또 자네가 그걸 인정하게끔 만들고 말 거야."

편집장 웨스트부룩은 걱정스러우면서도 슬픈, 모든 것을 다 알고 있는 듯한, 동정적이면서도 회의에 찬 표정을 하고 안경 너머로 더우를 응시했다. 그러나 저작권을 얻을 만큼이나 독특한 그 표정은 곧 도움 안 되는 기고가의 공격을 받았다.

"내가 최근에 보낸 소설 읽어 봤나? 〈영혼의 각성〉 말이야."

하고 더우가 물었다.

"주의 깊게 읽어봤지. 그 소설을 두고 많이 망설였네. 정말일세. 몇 가지 장점이 눈에 띄더군. 원고를 반송할 때 편지를 동봉하려고 했었네만… 유감일세."

"유감 같은 것에 신경 쓸 거 없어."

더우가 잘라 말했다.

"유감이라는 말은 더 이상 위안도 고통도 주질 않네. 내가 알고

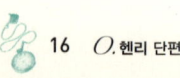

싶은 건 반송 이유일세. 자, 말해보게. 먼저 장점부터…"

웨스트부룩은 한숨을 쉬고 나서 신중하게 대답했다.

"그 소설의 구성은 비교적 독창적이었네. 인물은 여태까지 자네가 쓴 소설 중에서 가장 훌륭했고, 짜임새도 괜찮았어. 몇몇 부분의 연결이 약한 게 흠이긴 하지만 그런 건 바꾸고 손질해서 보강할 수 있을 거야. 좋은 작품이었네. 다만…"

"다만 뭔가? 자넨 내가 모국어를 제대로 구사할 줄 안다고 생각하나, 제대로 구사할 줄 모른다고 생각하나?"

하고 더우가 말을 가로막았다.

"내가 자네한테 늘 말해왔지. 구상은 좋다고 말이야."

하고 편집장이 말했다.

"그렇다면 문제는?…"

"늘 같은 거지. 자네는 클라이맥스까지는 예술가답게 잘 끌고 가네. 그런데 그 다음부터는 사진사가 되어버린다는 거야. 나는 정말이지 자네가 왜 그렇게 고집스러운지 모르겠네. 자네가 쓰는 작품마다 다 그렇거든. 아니, 사진사에 비유한 것은 철회하겠네. 때때로 사진사도 찰나의 진실은 포착할 수 있으니까. 하지만 자네는 항상 평범하고, 단조롭고, 효과를 약화시키는 묘사로 결말을 망쳐놓고 만단 말이야! 내가 늘 그 부분에 대해서 불평하지 않던가? 만일 자네가 자네 소설의 극적인 장면에서 더욱 문학성을 살리고자 한다면, 그래서 예술이 요구하는 화려한 빛깔로 그 장면들을 채색하려 한다면, 그러면 우체국 반송 도장이 찍힌 두꺼운 봉투가 자네 집 앞에 놓이는 일도 줄어들 걸세!"

"아, 깡깡이와 무대 조명 말이로군!"

더우가 비웃듯이 소리쳤다.

"자네 머릿속에는 아직도 옛날 순회극단의 왕이 남아있나 보군 그래. 옛날 순회극단에서는 까만 수염의 남자가 금발머리 베시를 유괴하면, 유괴된 아이의 어머니가 조명 속에서 무릎을 꿇고 두 손을 높이 쳐들어 이렇게 말하는 거지. '하늘에 맹세컨대, 베시를 빼앗아간 냉혹한 악당들에 대한 어미의 복수는 그들을 짓뭉갤 때 까지 밤낮으로 쉬지 않으리라!'하고 말이야."

웨스트부룩은 둔감한 자기만족의 미소를 띠면서 말했다.

"소설에서 실제로 아이 엄마가 그렇게 말했나? 내 기억에는 그렇게 말하지 않은 것 같은데?…"

"이봐 친구, 600일 동안 공연이 계속되어도 그것은 어디까지나 무대일 뿐이야. 실제 상황이라면 아이 엄마가 어떤 말을 할지 내가 말해 주지. 아마 이렇게 말할 걸세. '뭐라고? 낯선 남자가 베시를 데리고 갔다고? 하나님 맙소사! 하루도 편할 날이 없네. 내 모자 어딨어? 당장 경찰서에 가봐야겠어. 다들 그 애를 돌보지 않고 뭘 했단 말이야. 틀림없이 베시가 제 정신이 아니었던 게야. 그렇게 낯을 가리는 애가 처음 본 사람을 따라가다니!…' 이렇게 말이야. 실제로 사람들은 정서적 위기에 내몰렸을 때 과장된 표현이나 미사여구를 사용하지 않아. 그런 경우 그들은 그냥 평상시 말투에 감정을 섞어서 다급하게 내뱉을 뿐이라구!"

"섹!"

하고 웨스트부룩이 엄숙하게 말했다.

"자네는 차의 범퍼 밑에서 형체도 없이 짓이겨진 어린아이의 시신을 들어 올려 자네 팔에 안고, 몸부림치는 아이의 어머니에게 가서 그 앞에 내려놓아 본 적이 있나? 과연 그래본 적이 있어? 그리고 그 어머니의 입에서 튀어나오는 슬픔과 절망의 울부짖음을 들어본 적이 있어?"

"그래본 적은 없지. 그럼 자네는?"

하고 더우가 되물었다.

"물론 나도 없지."

편집장 웨스트부룩이 약간 얼굴을 찌푸리면서 말을 이었다.

"그렇지만 나는 그 아이 어머니가 무슨 말을 할지 상상은 할 수 있네."

"그건 나도 마찬가지야."
하고 더우가 말했다.

서로 다른 견해

이제 편집장 웨스트부룩은 신탁을 내려, 완고한 기고가의 입을 다물게 할 적당한 때가 되었다고 생각했다. 적어도 〈미네르바〉잡지에 실릴 소설의 남녀 주인공 입에서 나올 말이 아직 수준에 이르지 못한 소설가에 의해 씌어져서는 안 된다고 생각했던 것이다. 그래서 그는 말했다.

"여보게 섹, 내가 인생에 대해 무언가를 안다고 하는 것은, 인간의 마음속에 닥친 모든 갑작스럽고, 깊고, 비극적인 감정은 오히려 그 반대의 조화롭고, 편안하고, 균형 잡힌 감정 표현 형태로 나타난다는 것일세. 감정과 표현 사이의 이 불가사의한 조화의 어디까지가 자연적이고, 인위적인지는 말하기 어렵지만 말일세. 리어왕의 당당하고 초탈한 발언이 한 늙은이의 허풍과는 다르듯, 새끼를 빼앗긴 암사자의 숭고하리만큼 끔찍한 포효는 으르렁대는 목울림이나 일상적인 울음소리 보다는 훨씬 더 극적이라 할 수 있네. 모든 남녀에게는 잠재된 연극적 기질이라는 것이 있어서, 이것이 문학이나 연극을 통해 드러나거나, 또는 깊고 강한 정서에 의해 일깨워진다는 것일세. 그리고 문학과 연극을 통해 무의식적으로 습득된 이러한 감각들은 사람들이 감정을 표현할 때 그 감정의 중요도와 극적인 가치에 걸맞은 언어로 표현할 수 있게 해 준다는 말일세. 알겠나?"

"그래? 그렇다면 연극이나 문학은 어디서 자극을 받지?"

더우가 물었다.

"인생으로부터…"

편집장 웨스트부룩이 의기양양하게 대답했다.

소설가는 벤치에 앉아 말없이 어깨를 으쓱하며 웅변 투의 몸짓을 했다. 말로서는 반대 의견을 적절히 표현할 수가 없었던 것이다. 그러자 가까운 벤치에 앉아있던 지저분한 노숙자 한 사람이 핏발 선 눈을 뜨더니, 짓밟힌 형제를 지지해 주어야겠다고 생각한 듯 쉰 목소리로 더우에게 소리쳤다.

"섹, 한 대 먹여! 저 작자는 왜 광장에 앉아 사색하는 신사들 속에 와서 시끄럽게 떠드는 거야?"

편집장 웨스트부룩은 주머니에서 시계를 꺼내 들여다보며 노숙자의 말에 대꾸하지 않았다. 그러자 불안해진 더우가 공격적으로 물어왔다.

"말해보게, 구체적으로. 어디가 잘못됐기에 〈영혼의 각성〉을 반송했는지?"

웨스트부룩이 말했다.

"가브리엘 머레이가 전화를 받고 약혼자가 강도의 총에 맞았다는 소리를 들었을 때, 그는 이렇게 말하는 걸로 되어 있을 거야. 단어는 잘 생각나지 않지만 아마…"

"내가 말해주지."

더우가 말했다.

"머레이는 '제기랄, 그녀는 항상 나를 따돌린단 말이야!'하고 말하는 걸로 되어있지. 그리고 친구에게 이르기를 '타미, 32구경에 맞으면 구멍이 클까? 운이 없었던 게야! 거기 찬장에서 술이나 한 병 꺼내주게. 아니 거기 말고… 그 옆에는 아무것도 없어.'라고 말이야."

편집장은 더 이상 토론하려 하지 않겠다는 투로 그 뒤를 이었다.

"그리고 또 베레니스가 남편이 보낸 편지를 읽고, 그가 미장원 여자와 함께 도망갔다는 것을 알게 되었을 때, 그녀는 이렇게 말하지. 그러니까…"

소설가가 또 끼어들었다.

"그녀는 '얼씨구, 이건 또 뭐야?'라고 말하지."

"그것 봐. 터무니없지 뭔가!"

웨스트부룩이 말했다.

"심각한 상황에서 평범한 말이 나옴으로써 소설이 용두사미가 되어버린 거야. 작품을 망쳐놓았다구! 더욱 나쁜 건 자네 작품이 인생을 제대로 반영하고 있지 않다는 것이야. 난 아직 갑작스런 비극을 당했을 때 평범한 일상어투로 말하는 사람을 본 적이 없어!"

"그렇지 않아!"

더우가 면도하지 않은 턱을 고집스럽게 당기면서 말했다.

"나는 어떤 남녀도 감정의 클라이맥스에서는 화려한 수사를 늘어놓지 않는다고 단언할 수 있어. 그들은 오히려 평상시 말을 쓰거나 더듬거리지!"

더우의 제안

편집장은 알면서도 관대하게 봐준다는 듯 벤치에서 일어났다.

더우가 편집장의 옷자락을 잡으며 말했다.

"좋아, 웨스트부룩. 방금 우리가 토론했던 그 부분에서 등장인물들의 말과 행동이 실제로 내 말 대로라는 걸 자네가 알고 있었다면, 〈영혼의 각성〉을 받아주었겠나?"

"아마 그랬을 걸세. 내가 자네 말 대로라는 걸 알고 있었다면…"

하고 편집장이 말을 이었다.

"그렇지만 난 절대 그렇지 않을 거라고 이미 설명했잖은가?"

"만일 내 말이 옳다는 걸 자네에게 증명해 보인다면?…"

"미안하네, 섹. 지금은 더 이상 토론할 시간이 없어."

"토론이 아니라, 실제 사건에서 보여주려는 것일세. 내 말이 옳다는 것을!…"

"그게 가능할 거 같은가?"

웨스트부룩이 다소 놀란 목소리로 물었다.

"내 말을 들어보게."

하고 소설가는 진지하게 말했다.

"한 가지 방법을 생각했네. 실제 상황을 충실히 반영하는 소설이 좋은 소설이란 내 지론을 잡지사가 제대로 받아들여야만 한다는 것은 내게 무척 중요한 일일세."

"〈미네르바〉에 실을 소설을 선정함에 있어서,"

하고 편집장이 말했다.

"나는 자네와는 반대되는 이론을 적용해 왔네. 발행 부수가 9만부를 넘어…"

"40만부겠지."

하고 더우가 말을 가로챘다.

"아니, 실은 100만은 되어야 할 테지."

"자네가 조금 전에, 자네의 지론을 증명해 보이겠다고 말했나?"

웨스트부룩이 물었다.

"그랬네! 자네가 30분만 시간을 내준다면, 내 말이 옳다는 것을 자네한데 증명해 보이겠네. 루이즈를 통해서…"

"자네 부인 말인가?"

웨스트부룩이 외쳤다.

"어떻게?…"

"정확히 말하면, 루이즈를 통해 증명해 보이겠다는 것이 아니라, 루이즈와 함께 증명해 보인다고 해야겠지."

하고 더우가 말을 이었다.

"자네는 루이즈가 나를 얼마나 사랑하고 있고, 또 얼마나 헌신적인지 알 걸세. 그녀는 나만이 까다로운 심사를 통과한 우수작품이라고 생각하네. 내가 무시당한 천재의 역을 맡게 된 뒤로는 더욱 진실해지고 다정해졌어."

"그렇고말고, 자네 부인은 매력 넘치고 감탄할 만한 자네의 인생의 동반자지."

편집장이 동의했다.

"자네 부인과 우리 집사람이 한때는 떼놓을 수 없는 친구사이였다는 것도 잘 기억하네. 그런 아내들을 두었으니 우리 두 사람은 복 받은 사람일세. 섹, 조만간 가족이 함께 저녁 식사나 한 번 하자구. 전에 즐겨 먹던 냄비요리 중 하나를 대접하겠네."

"식사 같은 건 나중에, 내가 새 셔츠를 산 뒤에 하고… 그보다 이제 내 계획을 말해주겠네. 아침에 내가 집을 나서려는데 루이즈가 89번가에 있는 숙모님 댁을 방문한다고 했거든. 3시에 돌아온다고 했어. 루이즈는 항상 시간을 정확히 지키는 사람이니까 지금쯤은 아마…"

더우는 편집장의 주머니 속 시계가 들어있는 곳을 슬쩍 건너다보았다.

"2시 33분일세."

웨스트부룩이 시계를 꺼내 들여다보면서 말했다.

"딱 적당하군!"

더우가 말했다.

"지금 우리 집으로 가세. 내가 루이즈한테 쪽지를 써서 그걸 탁자 위에 놓아두면, 그녀는 집에 돌아와 문을 열면서 그것을 보게 될 거야. 자네하고 나는 주방 커튼 뒤에 숨어있는 거지. 쪽지에다 이렇게 쓰려고 하네. '나는 이제, 당신이 이해하지 못했던 내 예술혼을 잘 이해해 주는 여자와 함께 이곳을 떠나 영원히 돌아오지 않을 작정이요!'라고 말이야. 그 쪽지를 본 루이즈가 어떤 말과 행동을 보일지, 그걸 지켜보기로 하세. 그러면 누구 말이 옳은지 분명해질 걸세."

"아, 그럴 수는 없네!"

편집장이 고개를 저으면서 말했다.

"그건 한마디로 잔인한 일일세. 나는 자네 부인의 감정을 가지고 그런 식으로 장난치는 일에 동참할 수가 없네."

"여보게!"

소설가가 말했다.

"나도 자네만큼이나 루이즈를 끔찍이 생각한다구. 이건 나뿐만 아니라 그녀를 위한 일이기도 한 거야. 어떻게든 내 소설이 팔려야 하지 않겠나? 이렇게 한다고 해서 루이즈에게 크게 해될 것은 없어, 그녀는 건강하고 건전해. 그녀의 마음은 98센트짜리 시계만큼이나 단단하다구. 딱 1분이야, 1분 동안만 루이즈가 어떤 말과 행동을 보이는 지 지켜보고 그 후엔 내가 그녀 앞에 나가서 자초지종을 설명하겠네. 내게 기회를 한 번 줘봐. 그러면 결코 자네 배려를 잊지 않겠네."

편집장 웨스트부룩은 반쯤은 내켜하지 않으면서도 결국은 양보

하고 말았다. 그로 하여금 잔인한 일에 동의하게 한 그 절반의 마음, 생체해부학자의 기질은 우리 모두의 기질 안에도 숨어있는 것이리라. 메스를 사용해본 경험이 없는 사람들은 모두 일어나 주방 커튼 뒤에 가서 지켜보라. 우리 주위에 실험용 토끼나 기니아 피그가 충분히 많지 않은 것이 유감일 뿐이다.

슬픈 오류

이제 두 예술 실험가는 광장을 떠나 서둘러 동쪽으로 걷다가 남쪽으로 방향을 바꾸어 그라머시(市)의 한 동네에 이르렀다. 높다란 철책 안의 작은 공원이 연둣빛 봄옷을 두르고 연못에 자신의 모습을 비쳐보며 감탄하고 있었다. 철책 바깥으로는 옛 상류계급의 껍질인 다 허물어져가는 집들이 비스듬히 서 있어서, 그 모습은 마치 유령들이 머리를 맞대고 사라진 상류사회의 일들에 대해 서로 이야기하는 것만 같았다. 언제나 도시의 영광은 변해 가는 것이다.

그들은 공원에서 한 두 블록쯤 북쪽으로 올라간 곳까지 걸어갔다. 그리고 더우는 다시 편집장을 이끌고 동쪽으로 조금 더 올라가, 건물의 정면 장식이 조잡한 공동주택으로 데리고 갔다. 그들은 5층까지 걸어 올라갔다. 더우는 숨을 헐떡이며 앞쪽 문들 중 한 문에 열쇠를 꽂았다. 문이 열리자 방안에 있는 변변치 않은 가구 몇 가지가 눈에 들어왔다. 웨스트부룩은 왠지 안됐다는 생각이 들었다.

더우가 말했다.

"저쪽에 있는 의자를 가져오게. 나는 펜과 잉크를 찾아 올 테니… 어라? 이게 뭐지?… 루이즈 편지잖아! 아침에 나갈 때 써놓고 나간 모양이네."

더우는 탁자 가운데에 놓인 봉투에서 편지를 꺼내 읽기 시작했다. 한번 소리 내어 읽기 시작했으므로 그는 끝까지 소리 내어 읽어 내려갔다. 편집장 웨스트부룩이 들은 편지의 내용은 다음과 같은 것이었다.

⋮

"사랑하는 섁클포드 더우에게. 당신이 이 편지를 읽을 때쯤이면 나는 100마일 밖에서 갈 길을 재촉하고 있을 거예요. 순회 오페라단에 코러스 자리를 얻었어요. 오늘 12시에 공연을 떠난답니다. 굶어 죽고 싶지는 않았어요, 그래서 자립하기로 했어요. 돌아오지 않을 거예요. 웨스트부룩 부인도 함께 가요. 전축과 사전과 빙산을 합쳐놓은 것 같은 사람과 사는 게 지겹데요. 그녀도 돌아오지 않을 거예요. 우리는 2개월 동안 몰래 노래와 춤을 연습했어요. 당신도 꼭 성공하길 바래요. 그래서 잘 살기를… 안녕. -루이즈-"

더우는 힘없이 편지를 떨어뜨리고 떨리는 손으로 얼굴을 가린 체 내면으로부터 올라오는 음성으로 부르짖었다.

"오, 하나님! 왜 이 쓴 잔을 저에게 주시나이까? 왜 그녀가 잘못 판단하도록 하여, 아버지의 천국의 선물인 믿음과 사랑을 배반의 무리와 마귀들의 조롱거리가 되게 하려 하시나이까!"

편집장 웨스트부룩의 안경이 바닥으로 떨어졌다. 한쪽 손의 손가락이 코트의 단추를 푸는 동안 그의 창백한 입술에서는 다음과 같은 말이 흘러나왔다.

"끔찍한 편지일세! 셕, 뭐라고 말 좀 해보게. 일순간에 가정이 무너지는군. 지옥이 따로 없네 그려!"

역설에 직면하는 자는 자신의 실재함을 드러낸다.
- O. 헨리 -

제2화

물레방앗간 교회

원제
The Church with an Overshot-Wheel

독수리의 집

　레이크랜즈는 상류층들이 즐겨 찾는 피서지 안내서에는 그 이름이 실려 있지 않은 그런 곳이다. 이곳은 그린치강의 작은 지류를 따라 이어진 컴벌런드 산맥의 나지막한 돌출부에 자리 잡고 있으며, 한적한 협궤철도를 따라 스무 채 가량의 집들이 모여 있는 평화로운 마을이다.

　어찌 보면 철로가 솔밭 속에서 길을 잃고 무서움과 쓸쓸함을 못이겨 레이크랜즈로 달려온 것 같기도 하고, 어찌 보면 철로 가에 모여 앉은 레이크랜즈의 집들이 길 잃은 미아가 되어, 기차가 자기들을 집에 데려다 주기를 기다리고 있는 것 같기도 한 그런 마을이다.

　어쨌든 이곳을 왜 레이크랜즈라 부르게 되었는지는 좀 의아한 일이다. 왜냐하면 레이크, 즉 호수가 있는 것도 아니고 주변의 랜드, 즉 땅들도 이렇다 할 가치가 있을 만큼 비옥한 것도 아니기 때문이다.

이 마을에서 반마일쯤 떨어진 곳에는 '독수리의 집'이라 불리는 집이 있다. 넓고 커다란 이 집은 조사이어 랭킨의 소유로, 적은 비용을 들여 산의 공기를 마시러 오는 손님들에게 숙박을 제공하는 곳이다.

'독수리의 집'의 관리는 웃음이 날 정도로 허술하다. 새로운 인테리어로 바꿀 생각은 않고 오히려 예스러운 장식으로 꾸며져 있다. 게다가 대체로 일반 가정과 다름없이 편안하게 느껴질 정도로 방치되어 있고, 또 기분 좋을 만큼 흐트러져 있다. 하지만 침실만은 언제나 깨끗이 치워져 있으며, 늘 맛있고 풍부한 음식이 준비되어 있다. 나머지는 모두 손님과 솔밭의 자유에 맡겨져 있다. 그리고 주변에는 약수와 포도넝쿨그네와 크리켓놀이 시설까지 갖추어져 있다. 크리켓 시설의 쇠문도 여기서는 나무막대기로 되어있다. 인공의 것이라곤 일주일에 한두 번 통나무로 지은 유흥장에서 열리는 무도회의 바이올린과 기타 음악이 전부이다.

'독수리의 집'의 단골손님들은 여가를 즐기기 위해서 뿐만 아니라, 각자 필요에 의해서 찾아오는 사람들이다. 그들은 매우 바쁜 사람들로, 이를테면 톱니바퀴를 1년 내내 회전시키기 위해 2주일에 한 번쯤은 태엽을 감을 필요가 있는 시계나 다름없는 사람들이다.

산 아래 읍에서 찾아오는 학생도 있고, 때로는 예술가도 눈에 띄며, 산의 오랜 지층을 조사하느라 여념이 없는 지질학자도 있다. 두어 쌍의 호젓한 가족들이 한 여름을 보내기 위해 찾아오는 경우도 있고, 레이크랜즈 마을에서 학교선생님으로 통하는 부지런한 종교단체의 부인 회원 한두 분이 지친 몸을 이끌고 찾아오기도 한다.

아브라함 장로님

'독수리의 집'에서 1/4마일 쯤 떨어진 곳에는, 만일 '독수리의 집'에서 안내 팸플릿이라도 만든다면 틀림없이 손님들에게 명소라고 소개할 만한 그런 곳이 있다. 그곳은 이제는 더 이상 방앗간이 아닌 아주 오래된 물레방앗간이다. 조사이어 랭킨의 말을 빌리면 그곳은 미국에서 단 하나밖에 없는 '물레방아가 있는 교회'임과 동시에, 세계에서 단 하나밖에 없는 '걸상과 파이프오르간이 있는 물레방앗간'이다.

'독수리의 집'에 묵는 손님들은 안식일마다 이 오래된 '물레방앗간 교회'에 나가서, '깨끗하게 죄 사함을 받은 그리스도인이야말로 경험과 고뇌의 절구에 빻아지고 걸러져서 효용가치가 높아지는 밀가루와 같은 것'이라고 말하는 목사님의 설교를 듣는다.

한편 해마다 초가을이 되면, 아브라함 스트롱 이라는 사람이 '독수리의 집'에 찾아와서 존경과 사랑을 받는 소중한 어른으로 잠시 머물다가 간다. 레이크랜즈 마을에서는 그를 '아브라함 장로님'이라고 부른다. 왜냐하면 머리가 하얗고 얼굴이 늠름하며, 그러면서도 상냥하고 혈색이 좋은데다 웃음소리가 매우 맑고, 검정 옷과 챙 넓은 모자가 얼핏 보기에 인품 좋은 사람으로 보이기 때문이다. 새로 온 손님 누구라도 그와 2~3일 접하고 나면 어느새 이 친근한 호칭으로 그를 부르게 되곤 한다.

아브라함 장로님은 멀리서 일부러 이 레이크랜즈에 찾아온다. 그는 북서부의 어느 활기찬 도시에 살고 있다. 그곳에서 몇 개의 제분 공장을 운영하는데, 걸상과 파이프오르간이 있는 그런 조그마한 물레방앗간이 아니라 개미가 제 집 주위를 들락거리듯 화물차가 하루 종일 그 주위를 들락거리는 거대하고 산더미 같은 그런 제분공장이다.

어글레이어 ❂

　그럼 지금부터 아브라함 장로님과 물레방앗간 교회에 대해 이야기를 시작해볼까 한다. 이 교회가 아직 교회가 아니고 단지 물레방앗간이었을 무렵, 아브라함 장로님, 즉 스트롱 씨는 이 방앗간의 주인이었다. 이 지방에서 이 사람만큼 유쾌하고, 바쁘고, 온통 밀 가루투성이고 행복한 사람은 없었다. 그는 방앗간과 길 하나를 사이에 둔 조그마한 오두막에 살고 있었다. 솜씨는 좀 서툴렀지만 방아삯이 쌌기 때문에 산간에 사는 사람들도 몇 마일이나 산길을 허덕거리며 그의 방앗간까지 곡물을 날라 오곤 했다.

　이 방앗간 주인의 가장 큰 삶의 기쁨은 어린 딸 어글레이어였다. 아마빛 머리를 하고 뒤뚱뒤뚱 걸어 다니는 어린아이의 이름 치고는 너무 거창했지만, 원래 산간지방에 사는 사람들은 흔히 멋있고 의젓한 이름을 좋아하기 때문에 그녀의 어머니가 어느 책에서 보고 딸에게 붙여준 이름이다. 그러나 정작 어린 어글레이어 자신은 평소에 이 이름으로 불리는 것을 싫어하여 제멋대로 자기 이름을 '덤즈'라고 불렀다. 방앗간 주인과 그의 아내는 몇 번이나 어린 딸을 달래고 구슬리면서, 이 이상한 이름을 어디서 따왔는지 그 출처를 알아내려고 했지만 헛일이었다. 그러다가 두 내외는 마침내 하나의 결론에 도달했다. 집 뒤뜰의 조그만 마당에는 딸이 특히 좋아하는 '로도 덴드론'이라는 꽃이 있었는데, '아마도 딸은 이 꽃의 어려운 이름과 자기가 좋아하는 덤즈라는 이름 사이에 무언가 상통하는 것이 있다고 생각했나보다'라고 결론을 내린 것이다.

어글레이어가 네 살이 되었을 때, 딸과 아버지는 날마다 오후가 되면 물레방앗간 안에서 조출한 행사를 치름으로써 하루의 일을 끝마치곤 했다. 날씨만 좋으면 으레 이 행사가 벌어졌다.
저녁 식사가 다 준비되면 어머니는 딸의 머리에 빗질을 하고, 깨끗한 앞치마를 입혀서 방앗간으로 아버지를 부르러 보냈다. 아버지는 딸이 방앗간 입구에 나타나는 것을 보면, 온통 하얗게 밀가루를 덮어쓰고 나오면서 손을 흔들어, 이 지방에서 옛날부터 전해 내려오는 방아꾼의 노래를 부르곤 했다. 그 노래의 가사는 이런 것이었다.

물방아가 돌아가면 / 밀가루가 빻아지네 / 밀가루를 덮어쓰고 / 방아꾼은 즐겁다네 / 아침부터 저녁까지 / 노래 속에 살아가네 / 큰애기를 생각하면 / 방아 일도 즐겁다네.

그러면 어글레이어가 웃으면서 달려와 소리친다.

"아빠! 덤즈를 집에 데려다 줘요."

그러면 밀가루 아버지는 딸을 덥석 안아 목마를 태우고, 방아꾼의 노래를 부르면서 성큼성큼 저녁식사를 하기위해 집으로 간다. 날마다 저녁때면 반드시 이 행사가 치러지곤 했다.

사건

어글레이어가 네 살의 생일을 맞이한 지 일주일이 되는 어느 날, 소녀의 모습이 홀연히 사라졌다. 마지막으로 보았을 때, 소녀는 집 앞 길가에서 들꽃을 따고 있었다. 잠시 후 어머니가 너무 멀리 가지 않도록 주의를 주려고 나와 보았을 때는 이미 딸의 모습이 보이지 않았다. 즉시 어글레이어를 찾으려는 온갖 노력이 다 기울여졌다. 마을 사람들이 몇 마일 사방에 걸쳐 숲과 산속을 샅샅이 뒤지고 다녔다. 물레방앗간으로 흘러드는 수로며, 멀리 둑 밑까지 온 사방을 훑어보았지만 아무런 흔적도 발견하지 못했다. 어글레이어가 실종된 지 이틀 전에 가까운 숲 속에서 집시 가족이 야영을 하고 있었다. 어쩌면 그들이 아이를 납치했을 지도 모른다는 말이 나돌았다. 그러나 불시에 집시의 야영 천막을 찾아가서 알아보았지만 역시 아무것도 발견할 수 없었다.

그 후 아브라함 스트롱 씨 내외는 2년쯤 더 이 물레방앗간에 머물며 온갖 노력을 다 기울였지만, 그 동안에 딸을 찾을 수 있으리라는 희망은 깨끗이 사라지고 말았다. 그래서 두 내외는 북서부로 이사를 갔고, 몇 년이 지나는 동안에 스트롱 씨는 새로 이사한 그 도시에서 근대적인 제분공장의 사장이 되었다. 하지만 그의 부인은 딸을 잃은 마음의 상처를 극복하지 못하고 이사를 간지 2년 만에 세상을 떠나고 말았다. 어린 딸과 아내마저 잃은 스트롱 씨는 혼자 남아 지독한 슬픔을 견뎌야 했다. 스트롱, 즉 강인함을 의미하는 이름은 그야말로 힘든 운명의 시험대에 올라 있었다. 그래서 그 즈음, 아브라함 스트롱 씨는 슬픔을 극복하기 위해 레이크랜즈의 옛 물레방앗간을 찾았다. 하지만 경제적으로 성공해서 다시 찾은 고향의 모든 것들이 그에게는 상심의 씨앗이었다.

딸을 위한 두 가지 사업

그러나 스트롱씨는 이름 그대로 강인한 사람이었다. 속으로는 엄청난 슬픔과 고통을 간직하고 있었지만, 그는 겉보기에는 언제나 명랑하고 친절했다. 그가 문득 이 오래된 물레방앗간을 교회로 만들 생각을 한 것도 그때였다. 레이크랜즈 사람들은 대부분 살림이 넉넉지 못해 교회를 세울 수가 없었다. 물론 그들보다 더 가난한 산간벽지 사람들은 그들을 도울 힘이 없었다. 그래서 사방 20마일 안에는 교회가 단 하나도 없었다.

스트롱 씨는 되도록이면 물레방앗간의 외관을 바꾸지 않기로 했다. 그래서 커다란 수차도 그대로 남겨두었다. 이 교회를 찾는 젊은이들은 수차의 물컹하게 썩어가는 목재에 종종 자기 이름의 머리글자를 새기곤 했다. 둑의 일부가 허물어져서 그 위로는 깨끗하고 맑은 산골 물이 물보라를 일으키면서 바위 바닥 위를 하얗게 흐르고 있었다.

외관과 달리 방앗간의 내부는 크게 바뀌었다. 방아굴레와 절구, 벨트, 도르래 등은 모두 제거되었다. 가운데의 통로를 따라 두 줄로 벤치가 놓이고, 안쪽으로는 한 단 높게 설교단이 설치되었다. 그리고 머리 위 2층에는 3면에 좌석이 마련되고, 내부와 층계로 연결된 그곳에 파이프 오르간을 놓았다. 파이프 오르간은 물방앗간교회의 자랑거리였다. 오르간 연주자는 피비 서머스 양이었다. 레이크랜즈 소년들은 주일예배가 열릴 때마다 그녀를 위해 교대로 오르간의 공기 펌프질 하는 것을 자랑으로 삼고 있었다. 설교자는 베인브릿지 목사였으며, 주일날에는 다람쥐계곡으로부터 늙은 백마를 타고 어김없이 나타났다.

교회를 운영하는 일체의 비용은 스트롱 씨가 부담했다. 설교자인 목사님에게는 1년에 5백 달러, 반주자인 비피 양에게는 2백 달러가 주어졌다.

이렇게 하여 옛 물레방앗간은 어글레이어를 기념하는 장소로, 그리고 일찍이 그녀가 살던 마을 사람들에게는 하나님의 은총이 주어지는 고마운 장소로 개조되었다. 어글레이어의 짧은 생애는 많은 사람들의 70~80년 보다 더 큰 선행을 가져다 준 것이다.

이와 같이 에이브라함 스트롱 씨는 어글레이어를 기념하는 물레방앗간 교회를 만들고 나자, 또 하나 딸을 기념하는 사업을 전개했다. 북서부에 있는 그의 제분공장에서 '어글레이어표' 밀가루를 발매하기 시작한 것이다. 그것은 더할 나위 없이 훌륭한 품질의 밀로 만든 것이었다. 온 나라 사람들은 어글레이어표 밀가루에 두 가지 가격이 있다는 것을 알게 되었다. 하나는 최고의 시가이고, 또 하나는 공짜였다.

사람들을 곤궁에 빠뜨리는 재해, 이를테면 화재나, 홍수나, 태풍이나, 파업이나, 기근 따위가 일어나면 그곳엔 언제나 어글레이어표 밀가루가 공짜로 풍족히 제공되었다. 그것은 신중하고 주의 깊게 전달되었으며, 더욱이 자유로이 분배되고 굶주린 사람들은 1페니도 값을 치르지 않았다. 도시의 빈민가에 큰 불이 나면 반드시 소방단장의 마차가 먼저 현장에 도착하고, 이어서 어글레이어표 밀가루를 실은 짐차가 도착했으며, 그 다음에야 소방차가 도착한다고들 사람들은 쑥덕거렸다. 이것이 어린 딸에 대한 아브라함 스트롱 씨의 또 하나의 기념비인 것이다.

시인의 생각에는 스트롱씨의 이러한 선행이 아름다움이란 주제를 표현하는데 딱 좋은 소재로 여겨질지 모른다. 그러나 시인이 아닌 일반 사람들에게는 그 순수하게 빻은 하얀 밀가루가, 사랑과 자선의 사명을 띠고 운반되어 가는 그 기념비적 사업이 상징하는 것은 지금은 죽고 없는 사랑하는 딸의 영혼과 같은 것이어서, 모두들의 마음 찡해했다.

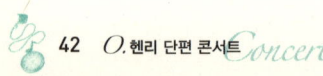 로즈 체스터

어느 해인가, 컴벌런드 지방에도 재난 상황이 닥쳤다. 가뭄으로 인해 모든 농사가 흉작이고, 전혀 수확을 내지 못한 땅도 있었다. 게다가 갑작스런 폭우로 산사태가 발생하여 사람들의 재산에 큰 손해를 입혔다. 숲 속에서의 사냥도 잘 되지 않아 사냥꾼들은 끼니를 연명할 만한 것들을 들고 오지 못했다. 컴벌런드 지방 중에서도 레이크랜즈 일대가 특히 심했다.

이 소식을 들은 아브라함 스트롱 씨는 즉각 지시를 내렸다. 조그만 협궤 열차가 레이크랜즈에 어글레이어표 밀가루를 부리기 시작했다. 밀가루를 물방앗간교회 2층에 쌓아두고, 교회에 오는 사람들에게 저마다 한 부대씩 들려 보내라는 것이 스트롱 씨의 지시였다. 그리고 2주일 뒤, 스트롱 씨는 여느 해처럼 독수리의 집을 찾아와서 다시 에이브라함 장로님이 되었다.

그 해에는 재난 때문에 독수리의 집의 손님도 여느 해보다 적었다. 적은 손님 가운데에는 로즈 체스터라는 아가씨가 있었다. 체스터 양은 애틀랜타에서 왔으며, 그곳의 어느 백화점에 근무하고 있었다. 레이크랜즈에 온 것은 그녀가 난생 처음으로 가져보는 휴가여행이었다. 백화점의 지배인 부인이 언젠가 한 여름을 독수리의 집에서 보낸 적이 있었는데, 부인은 체스터 양을 무척 귀여워해서 3주간의 휴가를 꼭 그리로 가라고 권했던 것이다. 그리고 지배인 부인은 독수리의 집 관리인인 랭킨 부인 앞으로 소개장을 써서 로즈 체스터에게 들려 보냈던 것이다. 랭킨 부인은 기꺼이 체스터를 맞이하여 스스로 그녀의 감독과 뒷바라지를 맡아 주었다.

체스터 양은 그리 건강하지 못했다. 나이는 스무 살 쯤 되었으며 실내 생활을 오래 한 탓에 안색이 창백하고 허약했다. 그러나 레이크랜즈에서 한 주일을 보내는 동안 눈에 띄게 혈색이 좋아지고 힘을 되찾게 되었다.

그 때는 9월 초로, 컴벌런드 지방이 가장 아름다운 때였다. 산의 나무들은 단풍으로 물들고 공기는 샴페인처럼 맛있었으며, 밤은 상쾌하고 시원해서 독수리의 집 푹신한 담요를 살짝 끌어당기고 싶을 정도였다.

아브라함 장로님과 체스터 양은 좋은 친구가 되었다. 연륜이 쌓여 중후한 분위기를 풍기는 제분공장 사장님은 랭킨 부인한테서 체스터 양의 형편을 전해 듣게 되었다. 그리하여 그는 곧 자활의 길을 걷고 있는 이 연약하고 외로운 아가씨에게 관심을 갖게 되었던 것이다.

체스터 양은 산간지방이 처음이었다. 지금까지는 줄곧 애틀랜타의 따뜻한 평지에서 생활해 왔으므로, 컴벌런드 지방의 산의 웅대함과 변화무쌍한 분위가가 그녀를 기쁘게 만들었다. 그녀는 이곳에 머무르는 동안 한순간 한순간을 열심히 즐기기로 결심했다. 얼마 안 되는 저금은 여러 가지 경비를 생각하여 면밀히 예산을 짜둔 터라 다시 직장에 돌아갔을 때 얼마가 남을 거라는 것까지 다 알고 있었다.

체스터 양이 말벗으로서, 또는 친구로서 아브라함 장로님을 알게 된 것은 참으로 다행한 일이었다. 장로님은 레이크랜즈 부근의 어느 산길이나, 봉우리나, 고개나 모르는 곳이 없었다. 그녀는 장로님을 통해서 소나무가 우거진 어둑어둑한 오솔길의 거룩한 아름다움이며, 맑은 공간에 그대로 드러난 바위의 장엄함이며, 공기가 수정처럼 해맑은 상쾌한 아침이며, 꿈처럼 신비롭고 정적에 찬 황금빛 오후를 알게 되었다. 따라서 자연히 그녀의 건강은 회복되었고 정신도 맑아졌다. 누구나 아는 아브라함 장로님의 밝은 웃음소리처럼, 그녀도 여자다움이 담뿍 담긴 다정한 웃음을 회복하게 되었다. 두 사람은 똑같이 타고난 낙천가였으며, 온화하고, 부드럽고 밝은 얼굴로 사람들을 대하는 방법을 터득하고 있었다.

통나무 벤치

어느 날, 체스터 양은 숙박 손님 중 한 사람으로부터 아브라함 장로님의 실종한 딸 이야기를 들었다. 그 이야기를 듣고 나서 그녀는 장로님에게 위로의 말씀을 드리고 싶어 찾으니, 그는 광천 약수터 옆 통나무 벤치에 앉아 있었다.

생각에 잠겨있던 장로님은 귀여운 아가씨가 살며시 손을 잡으면서 눈물이 글썽한 눈으로 자기를 쳐다보고 있는 것을 깨닫고 은근히 놀랐다.

"아브라함 장로님,"

하고 체스터가 말했다.

"정말 마음이 아파요. 저는 장로님의 어린 딸에 관해서 지금까지 전혀 모르고 있었어요. 하지만 틀림없이 찾게 될 거예요. 아아, 찾게 되셨으면 좋겠어요."

그러자 아브라함 장로님은 금방 씩씩한 미소를 지으며 그녀를 바라다보았다.

"고맙구나, 체스터."

하고 그는 여느 때와 같이 밝은 어조로 말했다.

"이제 어글레이어는 찾지 못할 거 같구나. 처음 몇 해 동안은 틀림없이 부랑자들이 납치해갔을 거란 생각에 희망을 품고 있었지만, 지금은 그 희망도 다 사라져버렸어. 아마 물에 빠져 죽었을 지도 몰라."

"아아, 어쩌면 죽었을지도 모른다는 생각에 얼마나 힘들었겠어요… 그런데도 장로님은 언제나 명랑하시고, 자신보다는 남의 무거운 짐을 덜어 주시려 애쓰고 계시니 정말 고마운 분이세요."

"그렇게 말해주니 고맙구나. 나보다는 체스터야 말로 정말 다정하고, 고운 마음씨를 가진 아가씨야."

하고 장로님은 체스터 양의 말투를 흉내 내면서 웃었다.

그러자 문득 체스터 양은 장난기가 발동했다.

"저어, 아브라함 장로님!"

하고 그녀는 말했다.

"물론 이건 동화에나 있을 법한 얘기지만, 만일 제가 장로님의 딸이라고 밝혀진다면 어떨까요. 정말 극적이지 않아요?… 하지만 장로님은 제가 장로님의 딸이라고 밝혀진다면 반갑지 않을 수도 있을 거예요."

"아니다 체스터, 행여나 그렇게라도 된다면 그건 하나님의 축복이지."

하고 장로님은 정색을 하면서 말을 이었다.

"만일 어글레이어가 살아있다면 아마 너처럼 예쁜 아가씨가 되어 있을 거야. 어쩌면 정말로 어글레이어가 체스터가 되어 여기에 와 있는 건 아닐까? 하는 환상에 사로잡힌 적도 있어."

장로님은 아가씨의 장난기어린 가상 게임에 장단을 맞추어 이야기를 계속했다.

"체스터, 혹시 우리가 물레방앗간에 살고 있을 때 겪었던 일 중에 생각나는 건 없니?"

그러나 체스터 양은 금방 진지하게 생각에 잠겨버렸다. 그 큼직한 눈동자는 무언가 먼 것을 모호하게 바라보고 있었다. 아브라함 장로님은 그녀가 별안간 진지해진 것에 좀 당황스러웠지만, 한편으론 그런 갑작스런 변화가 무언가 사람을 끄는 힘이 있다는 것을 느꼈다.

체스터양은 한참 동안 그렇게 앉아 있다가 다시 입을 열었다.

"틀렸어요."

그녀는 깊은 한숨을 쉬면서 간신히 말했다.

"물레방앗간에 대해서는 아무것도 생각나질 않아요. 장로님이 만드신 저 색다른 작은 교회를 보기 전까지 전 물레방아를 한 번도 본적이 없어요. 만일 제가 장로님의 딸이라면 틀림없이 무언가 기억하고 있을 거예요. 그렇잖아요? 정말 유감스러워요 아브라함 장로님."

"그래, 나 역시 유감스럽구나."

하고 장로님은 달래듯이 말했다.

"하지만 체스터야, 설령 내 딸이었다는 기억은 없어도 누군가 다른 사람의 딸이었다는 기억은 있을 테지?… 부모님은 잘 기억하고 있니?"

"네, 잘 기억하고 있어요. 특히 아버지는요. 아버지는 장로님과는 아주 딴판인 사람이었어요. … 아브라함 장로님, 전 그저 장난으로 말씀드린 것뿐이었어요. 장로님의 아픈 마음을 건드려서 정말 죄송해요. 이제 그만해요. 오늘 오후에는 송어가 헤엄치고 있는 연못에 데려다 준다고 약속하셨잖아요. 저는 아직 송어를 본 적이 없어요."

편지의 사연

어느 날 오후 늦게, 아브라함 스트롱 씨는 독수리의 집을 나와 혼자서 옛 물레방앗간으로 향했다. 그는 종종 그곳에 가서 걸상에 앉아 길 하나를 사이에 둔 맞은편 오두막에 살던 때를 회상하곤 했는데, 오늘도 산책을 나선 것이다. 세월이 날카로운 슬픔의 고통을 어루만져주어 이제는 그 무렵을 생각해도 그리 가슴이 저리지는 않았다. 그러나 덤즈가 날마다 금발 고수머리를 나풀거리며 달려오던 곳에 앉아 있을 때만은 그의 얼굴에서도 레이크랜즈 사람들이 언제나 볼 수 있는 그런 환한 미소를 찾아볼 수 없었다.

아브라함 스트롱 씨는 옛 물레방앗간으로 향하는 꼬불꼬불 경사진 길을 천천히 걸어 올라갔다. 나무들이 길 옆에 높이 무성하게 자라 있어서, 그는 모자를 벗어 들고 그늘 밑을 걸어갔다. 다람쥐 몇 마리가 오른쪽의 오래된 울타리 위를 즐거운 듯이 뛰어다니고, 보리 그루터기 속에서는 메추라기가 새끼를 부르고 있었다. 그리고 나직이 기운 해가 서쪽으로 트인 산골짜기에 연한 황금빛 광선을 힘차게 방사하고 있었다.

칡넝쿨에 반쯤 덮인 물레방아는 나무 사이로 흘러내리는 따뜻한 햇살을 받아 얼룩얼룩 빛나 보였다. 길 맞은편 오두막은 아직도 형체를 유지하고 있긴 했지만, 올 겨울 사나운 바람이 분다면 어쩌면 쓰러질 것 같기도 했다. 나팔꽃과 야생의 호리병박넝쿨이 온통 오두막을 덮고 있었으며, 문짝도 경첩 하나로 간신히 붙어 있었다.

아브라함 스트롱 씨는 조용히 물레방앗간 문을 밀치고 안으로 들어갔다. 거기서 그는 이상한 듯이 걸음을 멈추었다. 안에서 누가 흐느끼는 소리가 들렸기 때문이다. 다가가보니 체스터 양이 예배 실 한쪽 벤치에 앉아, 두 손에 펼쳐 든 편지에 얼굴을 묻고 울고 있었다. 아브라함 스트롱 씨는 그녀에게 다가가, 그 억센 손 하나를 그녀의 손 위에 묵직하게 포개놓았다. 그러자 그녀는 얼굴을 들고 가냘픈 소리로 '어머나, 장로님!'하면서 무슨 말을 하려고 했다.

"아니야 체스터,"

하고 에이브라함 장로님은 부드럽게 말을 가로막았다.

"지금은 아무 말도 하지 마라. 마음이 슬플 때는 조용히 실컷 우는 게 제일 좋단다."

아브라함 장로님은 자기도 깊은 슬픔을 겪어왔으므로, 사람의 가슴속에서 슬픔을 쫓아내 주는 방법을 잘 알고 있었다.

체스터 양의 울먹임은 차츰 가라앉았다. 그녀는 손수건을 꺼내어 자기 눈에서 아브라함 장로님의 큼직한 손으로 굴러 떨어진 눈물방울을 살며시 닦았다. 그리고 얼굴을 들어 눈물이 가득 괸 눈으로 살며시 웃었다. 체스터 양은 언제나 눈물이 마르기 전에 미소를 지을 줄 알았다. 그것은 아브라함 장로님이 슬픔 속에서 웃는 얼굴을 보일 수 있는 것과 같은 것이었다. 이 점에서만큼은 두 사람이 매우 닮아 있었다.

아브라함 장로님은 그녀에게 아무것도 묻지 않았다. 그럼에도 체스터 양은 차츰 그에게 이야기를 털어놓기 시작했다. 어느 세대이건 젊은이들에게는 매우 중요한 일로 여겨지고, 나이든 사람에게는 추억의 미소를 불러일으킬 만한 그런 아주 흔한 얘기였다. 이쯤이면 누구나 다 짐작이 가겠지만 그 내용은 연애에 관한 것이었다.

매우 착하고 여러 가지 장점을 지닌 한 청년이 애틀랜타에 살고 있었다. 그는 체스터 양이 애틀랜타의 어느 여자보다도, 아니 그린란드에서 파타고니아에 이르기까지 그 어느 여자보다도 뛰어난 매력을 지녔다는 것에 빠져 있었다.

체스터양은 조금 전 자기를 울린 그 편지를 아브라함 장로님에게 보여주었다. 그것은 남자다운 애정이 담뿍 담긴 편지이기는 했지만, 착하고 훌륭한 세상 청년들이 흔히 쓰는 여느 연애편지와 다름없이 다소의 과장과 성급함을 드러내고 있는 편지였다. 청년은 지금 당장 결혼해 달라고 청혼하고 있었다. 그녀가 3주일간의 여행을 떠나고 난 이후부터 자기는 이제 살아가기가 힘겨워졌다고 호소하고 있었다. 곧 답장을 달라고 간청하면서, 만일 그것이 호의적인 답장이라면 협궤열차고 뭐고 상관없이 당장 레이크랜즈로 달려오겠다는 내용이었다.

"그런데, 대체 이 편지가 무엇이 문제지?"
하고 아브라함 장로님은 편지를 다 읽고 나서 물었다.
"저는 그 사람과 결혼할 수 없어요. 그것이 문제예요."
체스터 양은 뭔가 여운을 남기면서 대답했다.
"마음은 있는데 여건이 안 된다는 얘긴가?"
하고 에이브라함 장로님이 다시 물었다.
"네, 저는 그 사람을 사랑하고 있어요. 하지만…"
그녀는 고개를 푹 숙이고 다시 흐느꼈다.
"괜찮아, 괜찮아."
하고 아브라함 장로님은 그녀를 달랬다.
"체스터야, 내가 뭔가 도움이 될지 모르겠지만, 나를 믿고 뭔 내용인지 말해줄 수 있겠니?"
"장로님, 저는 장로님을 존경하고 믿어요."
하고 그녀는 말했다.
"제가 어째서 랠프의 청혼을 거절해야 하는지 그 까닭을 말씀드릴게요. 저는 보잘것없는 여자예요. 이름도 없구요. 지금 쓰고 있는 이름은 가짜예요. 그런데 랠프는 좋은 집안의 훌륭한 청년이거든요. 저는 랠프를 진심으로 사랑하고 있어요. 하지만 저같이 보잘것없는 여자는 그 집안의 아내나 며느리가 될 수 없어요."

"체스터, 그게 무슨 얘기야? 어째서 체스터가 보잘 것 없는 여자라는 거지?"

하고 에이브라함 장로님이 물었다.

체스터가 한동안 대답하지 않자 아브라함 장로님이 다시 물었다.

"부모님을 잘 기억하고 있다고 했잖아. 그런데 어째서 이름이 없다는 거야? 난 이해할 수가 없는데?…"

"부모님은 잘 기억하고 있어요."

하고 체스터 양이 설명했다.

"저는 부모님을 슬프도록 잘 기억하고 있어요. 제 첫 기억은 어느 먼 남부에서의 생활이었어요. 우리 가족은 몇 번이나 여러 도시와 주를 옮겨 다니며 살았어요. 저는 목화도 따고, 공장에서 일하기도 했어요. 먹을 것이나 입을 것이 부족한 때가 자주 있었어요. 어머니는 더러 상냥하게 대해주셨지만, 아버지는 언제나 난폭해서 저를 자주 때렸어요. 아버지도 어머니도 끈기가 없고 게을러서 한군데 오래 눌러 살 수 없는 분들이었어요. …애틀랜타에서 좀 떨어진 어느 강가의 조그만 읍에 살고 있을 때인데, 어느 날 밤 두 분이 대판 싸움을 했어요. 서로 마구 욕을 해댔는데 그때 알았어요. 저한테는 어떤 권리가 없다는 것을요… 아시겠죠? 저는 이름을 가질 권리가 없었던 거예요. 저는 두 분의 딸이 아니었던 거예요. 그날 밤 저는 집을 뛰쳐나왔죠. 애틀랜타까지 먼 길을 걸어서 왔고, 일자리를 구했어요. 그리고는 제가 멋대로 '로즈 체스터'라는 이름을 짓고, 그때부터 줄곧 혼자 힘으로 살아왔어요. 이제 제가 랠프와 결혼할 수 없는 이유를 아시겠죠? …저는 그 사람에게 이런 얘기를 털어놓고 싶지 않아요. 그 사람에게 상처주고 싶지 않기 때문이에요."

이런 경우, 그녀에게 힘을 주고 그녀에게 용기를 북돋우는 것은 그 어떤 동정이나 연민 보다 오히려 그녀의 슬픔을 아주 대수롭지 않게 다루어 주는 것이라는 것을 아브라함 장로님은 잘 알고 있었다.

"아, 난 또 뭐라구! 그런 내용이야?"

하고 장로님은 말을 이었다.

"난 뭔가 큰 낭패라도 있는 줄 알았지. 만일 그 청년이 진짜 훌륭한 남자라면 체스터의 가문 따위는 털끝만큼도 개의치 않을 거야. 체스터, 내 말 잘 들어봐. 그 사람이 사랑하고 있는 대상은 체스터라는 사람 자체이지, 체스터의 배경이나 가문이 아니야. 방금 나한테 털어놓았듯이 그에게도 솔직하게 털어놓는 거야. 그러면 반드시 그런 것 따위는 상관하지 않고, 오히려 체스터를 더 사랑하게 될 거야!"

"아니에요, 저는 도저히 털어놓을 수가 없어요."

하고 체스터 양은 슬픈 듯이 말했다.

"저는 그 사람과, 아니 다른 누구와도 결혼하지 않겠어요. 저는 결혼할 권리가 없어요."

물방아가 돌아가면~

그때, 마지막 햇빛이 비치는 길을 흔들흔들 걸어오고 있는 긴 그림자 하나가 두 사람의 눈에 들어왔다. 그리고 또 다른 하나의 짧은 그림자가 그와 나란히 종종걸음으로 따라오는 것이 보였다. 누구인지 모를 두 개의 그림자는 곧 물레방앗간 교회로 다가왔다. 긴 그림자의 주인공은 오르간 연습을 하러오는 피비 서머즈 양이었고, 짧은 그림자의 주인공은 열 두 살 난 소년 토미 티크였다. 오늘은 토미가 비피 양을 위해서 오르간에 공기를 넣어주는 날이었던 것이다.

토미의 발은 자랑스러운 듯이 길바닥의 먼지를 차올리고 있었다. 비피 양은 라일락 무늬 무명 드레스를 입고 있었고, 조그맣게 돌돌 말린 머리칼을 귀 뒤로 예쁘게 드리우고 있었다. 그녀는 아브라함 장로님에게는 무릎을 굽혀 공손하게 인사하고, 체스터 양에게는 말린 머리칼을 가볍게 흔들어 인사했다. 그리고 조수 소년과 함께 서둘러 오르간이 있는 2층으로 층계를 밟고 올라갔다.

아래층의 짙어가는 저녁 어스름 속에서 아브라함 장로님과 체스터 양은 한동안 말이 없었다. 아마도 저마다 자기의 추억 속에 잠겨있는 듯 했다. 체스터 양은 두 손으로 턱을 괴고 먼 곳을 응시하고 있었다. 그리고 아브라함 장로님은 그 옆 예배실 벤치 사이에 서서 바깥 길과 허물어져가는 오두막집을 바라보고 있었다. 그 순간 아브라함 장로님의 의식 속 세계는 주위의 풍경이 일변하여 20년 전의 과거로 그를 데리고 갔다. 왜냐하면 토미가 펌프질을 하고 있는데 비피 양이 오르간에 들어간 공기의 양을 알아보려고 오르간의 저음부 건반을 계속 누르고 있어, 그 소리가 아브라함 장로님의 의식세계를 자극했기 때문이었다.

아브라함 장로님에게는 이제 이곳이 더 이상 교회가 아니었다. 이 조그만 목조 건물을 흔들고 있는 깊은 진동음은 그에게는 오르간 소리가 아니라, 둥둥거리는 물레방아 소리로 들렸던 것이다. 그는 분명 옛날의 물레방아가 돌아가고 있다고 생각했다. 그는 산속의 물레방앗간에서 온통 밀가루 투성이가 되었던 그 시절로 되돌아갔다. 저녁때가 되자 어글레이어가 저녁을 먹으러 가자고 금발 고수머리를 나풀거리며 깡충깡충 길을 가로질러 왔다.

아브라함 장로님의 눈은 오두막집의 부서진 문에 가서 가만히 고정되었다. 그리고 그때, 또 하나의 놀라운 일이 벌어졌다. 머리 위의 2층에는 밀가루 부대가 가지런히 쌓여 있었는데, 아마도 쥐가 그 중의 몇 개에 구멍을 뚫었는지, 커다랗게 울려 퍼지는 오르간 소리의 진동음으로 인해 밀가루가 2층의 마룻바닥 틈으로 흘러 떨어져 아브라함 장로님의 머리에서 발끝까지를 온통 새하얗게 만들어버린 것이다. 그러자 아브라함 장로님은 벤치의 통로로 나가서 두 팔을 흔들며 그 옛날 방아꾼의 노래를 부르기 시작했다.

물방아가 돌아가면~ 밀가루가 빻아지네~ 밀가루를 덮어쓰고 ~ 방아꾼은 즐겁다네~

그러자 이때, 나머지 기적이 일어났다. 체스터 양이 벤치에서 몸을 일으키더니 밀가루처럼 새하얀 얼굴로, 백일몽을 꾸는 사람처럼 눈을 크게 뜨고 아브라함 장로님을 쳐다보았다. 그가 계속 노래를 부르자 그녀는 그에게 두 팔을 내밀었다. 입술이 떨렸다. 그녀는 꿈을 꾸는 듯한 어조로 말했다.

"아빠, 덤즈를 집에 데려다 줘요!"

비피 양은 오르간의 저음부 건반에서 손을 뗐다. 그녀는 훌륭히 자기 역할을 다한 것이다. 그녀가 울린 오르간 소리는 두 사람의 닫혀있던 기억의 문을 두들겨 부순 것이다. 아브라함 장로님은 벅찬 가슴으로 꿈을 꾸듯 잃어버린 어글레이어를 두 팔로 꼭 껴안았다.

전보

레이크랜즈 방문객 중에서 이 이야기의 경과가 그 뒤에 어떻게 진행되었는지 더 자세히 알고 싶은 사람은 독수리의 집 넝쿨나무 그늘에 편안히 자리 잡고 앉아 한가한 마음으로 귀를 기울여 보는 게 좋으리라. 그러면 9월의 어느 날 떠돌이 집시가 어린 소녀의 앳된 귀여움에 마음이 끌려서 납치해 간 이후 그녀가 어떻게 살아왔는지, 어떤 고난을 겪었는지 하는 것들을 동네 사람들이 상세히 들려줄 것이다.

비피 양이 치는 오르간의 힘찬 저음이 아직도 귀에 생생한 가운데 아브라함 장로님과 그의 딸 어글레이어는 너무나 기뻐서 말도 못하고 해가 지는 들길을 걸어 독수리의 집으로 돌아왔다.

"아빠!"

하고 체스터, 아니 어글레이어는 약간 주저하면서 아직도 믿어지지 않는 듯한 어조로 말했다.

"아빠는 돈이 많아요?"

"돈이 많냐구?"

하고 아브라함 장로님은 말을 이었다.

"글쎄, 그것도 생각 나름이지. 달님이라든가, 뭐 그와 같이 비싼 것을 사고 싶은 게 아니라면 많다고 해도 좋겠지."

"애틀랜타에 전보를 치려면 돈이 많이 들까요?"

언제나 세밀하게 돈 계산을 하는 습관이 있는 어글레이어가 물었다.

"뭐, 전보?"

아브라함 장로님은 그만 한숨을 쉬면서 말했다.

"아, 이제 알았다. 랠프를 부르고 싶단 말이지?"

어글레이어는 더없이 환한 얼굴로 아버지를 쳐다보며 말했다.

"그 사람더러 기다려 달라고 전보를 보내야겠어요. 전 이제 아빠를 찾았으니까요. 그리고 한동안은 아빠와 둘이서만 살고 싶어요. 그 사람이 이해해 줄 거예요."

신의 선물 중에서 자녀보다 더 귀한 것은 없다.

- O. 헨리 -

제3화

5달러

원제
The Whirligig Of Life

랜시와 애릴러

  치안판사 비나이저 위덥은 말오줌나무 파이프를 물고 사무실 문간에 앉아 있었다. 컴벌런드 고원의 이어진 산들이 하늘을 절반쯤 가리고 오후의 안개 속에 연한 보랏빛으로 치솟아 있었다. 얼룩진 암탉 한 마리가 싱거운 울음소리를 내면서 마을 한가운데의 큰 길을 으스대며 걸어갔다.

  마을의 거리 저편에서 덜커덩거리는 바퀴 소리가 들려오더니, 이어서 흙먼지가 천천히 솟아오르고, 랜시 빌브로와 그의 아내 애릴러를 태운 소달구지가 나타났다. 달구지는 치안판사 사무실 앞에서 멈춰 섰다. 그리고 두 사람이 내렸다.

랜시는 구릿빛 피부에 빛바랜 머리를 하고 키가 6피트쯤 되는 여윈 사나이로, 산의 둔중한 분위기가 갑옷처럼 그를 감싸고 있었다. 그의 아내는 면직물 옷을 입고, 좀 마른 몸집에 황갈색 피부를 가진 여자였다. 그녀의 얼굴에는 수심의 빛이 감돌고 있었으며, 더 이상 잃어버릴 것도 없이 속아 넘어간 청춘에 대한 가냘픈 항의가 어렴풋 엿보였다. 치안판사는 위엄을 갖추기 위해 얼른 구두를 신고 일어나 그들을 맞이했다.

"우리 두 사람은요,"

아내가 소나무 사이로 부는 바람소리 같은 목소리로 말했다.

"헤어지려고 왔어요."

그녀는 이 용건을 말하는데 있어서 무언가 결함이나, 모호한 말투나, 거짓말이나, 독단이나, 오해 같은 것은 없는지, 또 남편이 정신을 차리고 듣고 있는지 알아보기 위해 힐끗 그를 돌아보았다.

"맞아요, 헤어지려고 왔어요."

남편 랜시는 묵직하게 고개를 끄덕이며 아내가 한 말을 되풀이했다.

"이제 우리 두 사람은 같이 살 수가 없어요. 산속에 사는 게 쓸쓸하긴 했지만, 서로 좋아할 때는 그런대로 참을 수 있었는데… 여편네가 오두막 안에서 살쾡이처럼 으르렁거리고 올빼미처럼 토라져서야 누구든 그런 여편네를 데리고 살 수는 없을 겁니다.

"남편이란 게 아무짝에도 쓸모가 없는데다가,"

아내는 별로 흥분하지 않고 말했다.

"허구한 날 불한당이나 밀주꾼들하고 붙어 다니기나 하면서 귀리나 옥수수 위스키를 들고 들어오질 않나, 툭하면 굶주린 들개 같은 인간들을 끌고 들어와서 밥이나 달라고 들볶질 않나…"

"여편네가 걸핏하면 냄비 뚜껑을 집어던지기나 하구,"

이번에는 랜시의 차례였다.

"그래도 컴벌런드 고원에선 제일 억센 너구리로 알려진 나한테 펄펄 끓는 물을 끼얹질 않나, 남편이 먹을 음식은 만들 생각도 않고 밤새도록 하는 일에 잔소리를 늘어놓으면서 잠을 못 자게 하질 않나…"

"산간 지방에서 불한당으로 소문난 사내가,"

이번엔 아내의 차례였다.

"툭하면 세무서 사람들과 싸움질이나 하면서 언제 어떻게 잠을 잘 수 있겠어요?"

자유를 주기 위해 쓴 문서

　치안판사는 천천히 일에 착수했다. 소송인들을 위해서 한 개 밖에 없는 의자와 책상을 나란히 내놓았다. 그는 책상위에 법령집을 펼쳐놓고 색인을 자세히 훑어보았다. 그리고는 곧 안경을 닦아 쓰고 잉크병 뚜껑을 열었다.

　"법률도 법령도,"

　하고 그는 입을 열었다.

　"이 법정의 재판권에 관한 한 이혼 문제에 대해서는 언급이 없단 말씀이야. 그렇지만 형평법과 미국 헌법과 황금률에 의하면 당사자 쌍방이 이행할 수 없는 판결을 아무 소용이 없겠고… 또 만일 치안판사가 한 쌍의 남녀를 혼인시킬 수 있다면 분명히 이혼도 시킬 수 있단 말씀이지… 좋아, 본 법정은 두 사람에게 이혼 판결을 내리도록 하겠소. 틀림없이 주 법원에서도 이 판결을 유효로 인정할 테니까."

　남편 랜시 빌브로는 바지 주머니에서 조그만 담배쌈지를 끄집어냈다. 그리고 그 쌈지를 흔들어 책상 위에 5 달러짜리 지폐 한 장을 떨어뜨렸다.

　"곰 가죽 한 장 하구 여우 모피 두 장을 판돈입니다."

하고 그는 설명했다.
"가진 돈이라곤 이게 전붑니다."
"본 법정의 이혼수속 규정 요금은,"
하고 치안판사는 말했다.
"5 달러요."
그리고는 별 관심이 없는 듯 입고 있는 조끼의 주머니에 지폐를 쑤셔 넣었다. 그런 다음 얼마간의 육체적 노고와 정신적 수고를 거듭한 끝에 4절지 절반에 판결문을 적고, 나머지 절반으로는 그 사본을 만들었다.

이어서 랜시 빌브로와 그의 아내는 치안판사가 자기들에게 자유를 주기 위해서 쓴 문서를 낭독하는 것을 조용히 경청했다.
"랜시 빌브로와 그의 처 애릴러 빌브로는 금일 본 치안판사 앞에 출두하여, 두 사람은 금후 어떤 사정이 있더라도 서로 사랑하지 않고, 존경하지 않고, 복종하지 않는다는 것과 각각 심신이 건전하다는 것을 서약하고, 주(州)의 질서와 존엄에 따라 이혼 선고가 수락되었음을 공고한다. 이를 어기지 않는 두 사람에게 신의 은총이 있기를… -테네시 주 피드먼트 지방 치안판사 비나이저 위덥-"

이혼 판결

　판결문을 다 읽고 난 치안판사가 그 한통을 랜시에게 주려고 하자, 애릴러가 소리치며 그것을 막았다. 두 사나이는 멈칫하며 그녀를 돌아보았다. 그들의 무딘 남성이 뜻하지 않은 여성의 그 무엇에 직면한 것이다.

　"판사님, 아직 그 서류를 그 사람한테 주면 안 돼요! 일이 다 마무리된 게 아니잖아요. 제 권리를 찾아야겠어요. 위자료를 받아야죠. 남편이 아내한테 위자료도 한 푼 주지 않는데 이혼을 허락할 여자가 어디 있어요. 저는 호그백 산에 사는 오빠를 찾아갈 거예요. 그러자면 신발 한 켤레하고 코담배를 좀 사야겠고, 또 이것저것 여러 가지 살 게 있어요. 랜시에게 이혼을 허락하려거든 위자료를 지불하게 해 주세요!"

　남편 랜시 빌브로는 어안이 벙벙해서 아무 말도 하지 못했다. 애릴러는 지금까지 위자료에 관해서는 단 한 마디도 입 밖에 낸 적이 없었기 때문이다. 여자란 정말 묘한 때에 뜻밖의 조건을 꺼내놓는 법이다.

　판사 비나이저 위덥은 법적 판결이 필요한 상황이라고 느꼈다. 그러나 판례집에는 위자료에 관한 언급이 전혀 없고, 남편과 헤어지게 될 여자는 엉망으로 헤진 신발을 신고 있다. 더욱이 호그백 산으로 가는 길은 험한 돌밭길이다.

"애릴러 빌브로 부인,"

판사는 격식을 갖춘 어조로 말했다.

"부인께서는 본 법정에 제소한 이 사건에 있어서, 위자료를 얼마나 받으면 타당하다고 생각하시오?"

"신발도 사야겠고, 다른 것도 사야 하니까,"

하고 그녀는 대답했다.

"최소한 5달러는 있어야겠어요. 위자료라고 할 것도 없는 돈이지만 그만하면 오빠를 찾아 갈 수는 있을 거예요."

"그만한 액수라면,"

하고 판사는 말했다.

"부당하다고 할 수는 없겠지… 랜시 빌브로, 본 법정은 당신에게 이혼 판결문을 내주기 전에 아내에게 5달러를 지불할 것을 명령하겠소."

"저는 돈이 한 푼도 없습니다."

랜시는 깊은 한숨을 내쉬면서 말했다.

"조금 전에 판사님께 드린 돈이 전붑니다."

"만일 지불하지 않으면,"

판사는 안경 너머로 랜시를 무섭게 쏘아보았다.

"당신은 법정 모욕죄에 걸리게 될 거요."

"그럼 내일까지 기다려 준신다면,"

하고 남편은 애원했다.

"어떻게든 마련해 보겠어요. 위자료를 지불해야 할 줄은 꿈에도 생각 못했습니다."

"그럼 이 송사는,"

하고 비나이저 위덥 판사는 말했다.

"내일 두 분이 법정에 출두해서 명령을 이행할 때까지 연기 하겠소. 이혼 판결문은 그 뒤에 교부하겠소."

판사는 문간에 앉아서 구두끈을 풀기 시작했다.

"오늘 밤은 자이어 아저씨네 집에 가서 자자구."

하고 랜시가 애릴러에게 투박스럽게 말했다.

그는 소달구지 오른편에 타고 애릴러는 왼편에 탔다. 그가 흔드는 고삐의 명령대로 조그만 붉은 황소가 천천히 방향을 바꾸자, 소달구지는 수레바퀴에서 먼지를 일으키며 느릿느릿 사라져 갔다.

그들이 사라져 간 뒤, 치안판사 비나이저 위덥은 말오줌나무 파이프를 뻑뻑 빨았다. 저녁때가 다 되자 그는 주간 신문을 집어 들고 어두워져서 활자가 잘 보이지 않을 때가지 읽었다. 그리고는 책상 위의 촛불을 켜고 달이 뜰 때까지 계속 신문을 읽었다.

월계수 숲길에서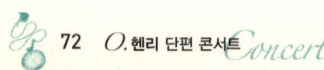

치안판사는 산비탈의 미루나무에 둘러싸인 두 채의 통나무집 중 한곳에 살고 있었다. 그는 그 집으로 돌아가 저녁식사를 하기 위해 월계수 숲 그늘의 컴컴하고 좁은 오솔길을 가로질러 걸어갔다.

그가 어두운 오솔길의 중간쯤 왔을 때, 월계수 숲 속에서 시커먼 그림자가 튀어나와 그의 가슴에다 권총을 들이댔다. 사나이는 모자를 깊숙이 눌러 쓰고 얼굴의 대부분은 가리고 있었다.

"잠자코 가진 돈 내놔!"

치안판사가 움찔 하자 사나이는 말을 이었다.

"나는 지금 흥분해 있어! 이 손가락이 방아쇠를 당기고 싶어서 근질근질 하단 말이야."

"나는 5… 5 달러밖에 없소."

치안판사는 조끼 주머니에서 지폐를 꺼냈다.

"그걸 말아서,"

사나이는 짧게 명령했다.

"이 총구멍에다 꽂아!"

치안판사는 벌벌 떨리는 손이었지만, 다행히 지폐가 새것이었으므로 서툰 손가락으로도 그것을 둘둘 말아 총구멍에 끼우는 것은 쉬운 일이었다.

"됐어, 이제 뒤를 돌아보지 말고 가봐!"

하고 강도가 말했다.

비나이저 위덥은 자신이 치안판사였지만, 이런 때에 이곳에 어물거리고 있을 만큼 아둔한 사람은 아니었다.

테네시 주의 이름으로

이튿날, 조그만 붉은 황소가 달구지를 끌고 치안판사 사무실 앞에 나타났다. 비나이저 위덥 판사는 그들이 다시 찾아올 것을 알고 있었으므로 벌써 구두를 신고 있었다.

랜시 빌브로는 판사 앞에서 아내에게 5달러 지폐를 건네주었다. 판사의 눈은 재빨리 그 지폐를 보고 날카롭게 빛났다. 총구멍에 끼웠었다는 것을 증명하기라도 하듯, 둥글게 말린 자국이 선명하게 남아있는 것을 보았기 때문이다. 그러나 판사는 아무 말도 하지 않았다. 말린 자국이 있는 지폐는 그것 말고도 얼마든지 있을 수 있기 때문이었다.

그는 두 사람에게 각각 이혼 판결문을 한통씩 건네주었다. 부부는 이제 자유를 보장하는 문서를 천천히 챙기면서, 서로 겸연쩍은 듯이 잠자코 서 있었다.

이윽고 아내 애릴러가 매우 어색하고 수줍은 시선을 랜시에게로 돌렸다.

"당신은 저 소달구지를 타고 산속 오두막집으로 돌아갈 거지요?"

하고 그녀가 말했다.

"빵은 양철통에 넣어서 선반위에 얹어 놓았어요. 베이컨은 개들이 훔쳐 먹지 못하게 냄비 안에 넣어 뒀구요. 오늘 밤에 시계태엽 감는 거 잊지 말아요."

"임자는 정말 오빠 집으로 가는 거야?"

랜시는 아주 무뚝뚝하게 물었다.

"어두워지기 전에 가야겠어요. 오빠네 식구들이 뭐 그리 반가워할 리도 없지만 달리 갈 곳도 없으니까요. 그래도 그렇게 하는 게 제일 낫겠죠. 이제 가봐야겠어요. 당신이 원한다면 서로 잘 가라는 인사나 하고 싶어요."

"잘 가라는 인사도 하고 싶지 않은,"

하고 남편 랜시는 순교자 같은 어조로 말했다.

"그런 짐승 같은 인간이 있다는 말은 내 여태 들어보지 못했어. 하기야 임자가 내 입으로 잘 가라는 말을 하는 걸 듣고 싶지 않을 만큼 얼른 가버리고 싶다면 모르지만…"

애릴러는 잠자코 있었다. 그녀는 5 달러짜리 지폐와 판결문을 곱게 접어서 옷섶에 찔러 넣었다. 비나이저 위덥 판사는 지폐가 그 모습을 감추는 것을 안경 너머로 슬픈 듯 지켜보았다. 그리고 그는 다음과 같이 말함으로써 이제 두 사람의 무자본가와 한 사람의 자본가가 어깨를 나란히 할 수 있게 되었다고 생각했다.

"랜시 빌브로, 당신은 오늘밤 낡은 오두막에서 무척이나 쓸쓸하겠소."

치안판사의 동정에 랜시는 햇빛 속에 파랗게 드러난 컴벌런드 고원의 산줄기를 물끄러미 바라보았다. 그러나 애릴러는 돌아보지 않았다.

"쓸쓸할 테지요,"

하고 랜시가 말을 이었다.

"하지만, 사람들이 화가 나서 이혼하려고 들 때는 아무도 말릴 수가 없다구요."

"판사님, 우리 말고도 이혼을 원했던 사람들이 있었나요?"

이번엔 애릴러가 의자를 바라보며 말을 이었다.

"그리고, 진짜 이대로 같이 살기를 원치 않는다고 말한 사람들이 있었나요?"

"같이 살기를 원치 않는다고 말한 사람은 아무도 없었소!"

비나이저 위덥 판사는 명확하게 대답했다.

"그럼, 같이 살고 싶다고 말한 사람은 있었겠네요? 이제 슬슬 오빠네 집으로 가봐야겠어요."

애릴러가 고개를 떨어뜨리며 말했다.

"이젠 낡은 시계 태엽 감아 줄 사람도 없군."

랜시가 오른쪽 발끝으로 의자 다리를 툭툭 치면서 말했다.

"내가 당신하고 소달구질 타고 가서 감아주면 좋겠어요?"

애릴러가 여전히 고개를 떨어뜨린 체 중얼거렸다.

순간 산사나이의 표정은 밝게 빛나면서, 그의 큼직한 손은 어느새 애릴러의 가무잡잡하게 거칠어진 손을 덥석 잡았다. 그러자 그녀의 무감각한 얼굴에서도 반짝이는 영혼이 살짝 밖을 내다보면서 그 표정을 밝게 만들었다.

"내 다시는 그 불한당 놈들을 데리구 와서 임자를 괴롭히지 않을 거요."

그러면서 랜시는 여전히 순교자처럼 말을 이었다.

"나는 당신에게 아무짝에도 쓸모없는 못된 인간이었소. 임자가 시계태엽을 감아 줘, 애릴러!"

"내 마음은 벌써 오두막에 가 있어요, 랜시."

그녀의 목소리는 한결 부드러워져 있었다.

"이젠 화내지 않을 게요. 자, 어서 가요. 서두르면 저물기 전에 집에 갈 수 있을 게예요."

치안판사 비나이저 위덥은 두 사람이 자기의 존재를 완전히 잊어버린 체 나가려하자 그들의 앞을 가로막았다.

"나는 테네시 주의 이름으로,"

하고 그는 말했다.

"그대들 두 사람이 주의 법령을 무시하는 것을 금하겠소. 본 법정은 두 사람의 애정에 찬 가슴에서, 불화와 오해가 제거되는 것을 보고 진심으로 기쁘게 생각하며 축복하는 바이지만, 주의 도덕과 질서를 유지하는 것이 본 법정에 부여된 의무라고 생각하오. 그대들은 이제 부부가 아니오. 정식 소송 절차를 밟고 이혼이 성립되었기 때문이오. 따라서 혼인관계에 의한 이익 및 그에 부수되는 특권을 누릴 권리가 없다는 것을 나는 이 자리에서 엄중히 경고하는 바요!"

얼룩진 암탉이…

애릴러는 구원을 청하듯 남편의 얼굴을 바라보며 그의 팔을 붙잡았다.

이제 두 사람이 곡절 끝에 인생의 교훈을 얻었는데, 정녕 치안 판사의 말은 그녀가 남편을 잃어야 한다는 것을 의미하는 것일까?…

"그러나 본 법정은,"

하고 판사는 말을 이었다.

⋮

"이혼 판결로 확정된 자격 상실을 취소할 용의가 있소. 법정은 엄숙한 결혼의식을 거행할 권한이 있으며, 그렇게 함으로써 사태를 수습하고 소송 관계자들이 서로 원하는 고결하고도 명예로운 부부관계를 복원시킬 용의가 있는 것이오. 이 의식을 거행하는데 드는 비용은 5 달러요."

애릴러는 비로소 치안판사의 말 속에서 희망의 빛을 포착했다. 그리고 그녀의 손은 재빨리 가슴께로 갔다. 5 달러짜리 지폐는 하늘에서 날아 내리는 비둘기처럼 사뿐히 판사의 책상위에 떨어져 내렸다.

애릴러는 랜시의 손을 꼭 잡고, 다시 맺어지는 혼인의 선포에 귀를 기울이며, 그 거칠어진 두 볼을 빨갛게 물들였다.

비나이저 위덥 판사는 성혼선언문을 읽고 나서 말없이 책상위에 놓인 5 달러짜리 지폐를 집어 들었다.

"나, 비나이저 위덥 판사는 법정의 공금과 개인의 돈을 구별할 용의가 있으며, 이 돈을 두 사람의 고결하고도 명예로운 결혼 축하 금으로…"

이윽고 랜시는 신부 애릴러를 부축하여 소달구지에 태운 다음, 자기도 그 옆에 올라탔다. 조그만 붉은 황소가 다시 방향을 바꾸고 두 사람은 손을 꼭 잡은 채 산속의 오두막을 향해 출발했다.

치안판사 비나이저 위덥은 사무실 문간에 앉아 구두끈을 풀었다. 그리고 천천히 말오줌나무 파이프를 피워 물었다.

얼룩진 암탉이 랜시와 애릴러의 산속 신혼여행을 축하하듯 싱거운 울음소리를 내면서 마을 한가운데 큰길을 으스대며 걸어갔다.

결혼은 전적으로 여자의 아이디어였다. 그런데 남자가 귀여운 명예로 받아들였기 때문에 그것이 우리에게 즐겁게 되는 것이다.

- O. 헨리 -

O.헨리 작품 전체를 관통하는 정서 1 페리페테이아

페리페테이아(peripeteia)는 반전(反轉), 역전(逆轉)의 뜻을 가진 그리스어이다. 특히 연극이나 소설에서 그때까지 숨겨졌던 진상이 밝혀지면서 주인공의 운명이 행복에서 불행으로, 또는 불행에서 행복으로 급전(急轉)하는 것을 말한다. 사건을 예상 밖의 방향으로 급전시킴으로써 독자들에게 강한 충격과 함께 주제를 효과적으로 전달하기 위한 플롯의 한 방법이다.

일찍이 아리스토텔레스는 맹목의 상태에서 그 눈이 열리고 사물의 진상이 명백해지는 깨달음의 상태에 이르게 하는 좋은 방법으로 이러한 페리페테이아를 꼽았다. 인물의 운명이 예상 밖으로 완전히 역전되는 구성 방식을 통해 의도하는 바가 독자들의 마음에 강하게 심어질 수 있기 때문이다.

페리페테이아는 비극에서는 예상 밖의 요인에 의해 주인공이 파멸에 이르고, 희극에서는 부정적 대상이 제거되면서 주인공이 행복에 이르는 방식으로 전개된다.
아리스토텔레스는 전자를 '불운콤플렉스(fatal-complex)', 후자를 '행운콤플렉스(fortune-complex)'라고 명명했다.

제4화
여자의 마음

원제
A Harlem Tragedy

영광의 상처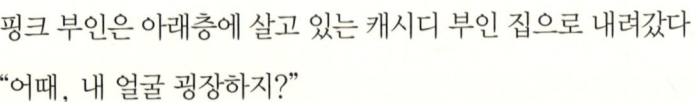

핑크 부인은 아래층에 살고 있는 캐시디 부인 집으로 내려갔다.

"어때, 내 얼굴 굉장하지?"

그녀가 안으로 들어서자 친구인 캐시디 부인이 핑크 부인 쪽으로 얼굴을 자랑스럽게 돌리면서 물었다. 한쪽 눈은 거의 뜰 수 없는 상태로 부어 있고, 눈 가장자리에는 피멍이 든 상태였다. 입술은 찢어져서 피가 묻어 있었으며, 목 양쪽에는 손자국이 벌겋게 남아 있었다.

"세상에, 너 또 남편한테 맞았구나. 우리 남편은 감히 내게 그런 짓을 할 엄두도 못내."

핑크 부인이 씁쓸함을 감추며 말했다.

"그래도 난 1주일에 한 번씩 자기 마누라를 두들겨 패는 남자가 더 좋더라."

캐시디 부인이 투정하듯 말했다.

"때린다는 건 그만큼 아내한데 관심이 많다는 증거야. 이번에 잭이 나를 때린 건 그냥 내버려둬도 저절로 낫는 정도가 아니야. 아직도 눈에서 불꽃이 튀거든… 그렇지만 맞고 나면 우리 남편은 때린 것을 충분히 보상해 주기 위해 날 아주 다정스럽게 대해 주지. 이런 상태의 눈이라면 적어도 고급 실크 블라우스 하나와 극장표 정도는 충분히 사 줄 거야"

"어쨌든 우리 남편은 점잖은 신사이기 때문에 나한테 손찌검하는 일은 없어."

핑크 부인이 스스로 만족해하며 대꾸했다.

"바보 같은 소리 그만 해, 핑크!"

캐시디 부인이 코웃음을 치며 나뭇잎에서 추출한 약물을 상처에 문질렀다.

"사실은 날 부러워하고 있지? 너희 남편은 나약하고 활기가 없어서 널 두들겨 패지 못하는 거야. 집에 돌아와서도 방안에 틀어박혀서 얌전히 신문 따위나 읽고 있잖아. 어때, 내 말이 틀렸어?"

"그건 그래. 우리 남편은 집에 돌아오면 신문을 처음부터 끝까지 차근차근 읽어봐."

핑크 부인은 고개를 끄덕이며 상대의 말을 시인한 다음 말을 이었다.

"그렇지만 우리 남편은 자기 혼자 기분 풀려고 나를 샌드백처럼 두들겨 패진 않아."

그러자 캐시디 부인은 남편의 사랑을 독차지하고 있는 행복한 아내답게 만족스러운 미소를 지어 보이고는, 셰익스피어의 '리어 왕'에 나오는 고네릴 부인이 남에게 보석을 자랑하듯, 옷깃을 끌어내리더니 가장자리가 올리브와 오렌지 색깔로 된 적갈색의 상처를 보여주었다. 이제는 거의 아물었지만 그래도 그녀는 여전히 소중한 추억이 묻어나는 상처인양 자랑했다. 핑크 부인도 이젠 두 손을 들 수밖에 없었다. 항변하던 그녀의 눈빛은 마침내 부드러워져서 부러움 섞인 눈빛으로 바뀌었다.

1년 전 두 사람이 처녀였을 때까지만 해도 그녀들은 시내 종이 상자를 만드는 공장에서 함께 일하던 사이였다. 그런 인연으로 핑크 부부는 지금 캐시디 부부가 살고 있는 바로 위층에 세 들어 살고 있는 것이다. 그런 그녀로서는 캐시디에게 우쭐대고만 있을 수는 없는 노릇이었다.

"얘, 얻어맞을 때 아프진 않니?"

핑크 부인은 마침내 호기심을 드러내며 물었다.

"아프냐구?"

캐시디 부인은 기쁨에 가득 차서 소프라노 음성으로 환성을 질렀다.

"글쎄?… 뭐라고 해야 하나. 너 혹시 벽돌에 깔려본 적 있니? 그래, 바로 그런 기분이야. 무너진 벽돌 밑에서 구조되었을 때의 바로 그런 기분 말이야. 잭이 왼손으로 때리면 두 장의 낮 공연 입장권과 옥스퍼드 구두 한 켤레가 생기지. 그리고 그 오른손, 그렇지 그 오른손으로 때리면 잭은 그걸 보상해주기 위해 날 코니아일랜드로 데려가 구경시켜주고, 게다가 고급 비단 양말 여섯 켤레 정도는 사준단 말씀이야."

"그런데 네 남편은 무슨 이유로 널 때리는 거니?"

핑크 부인이 눈을 똥그랗게 뜨고 물었다.

"몰라서 물어?"

캐시디 부인은 목소리를 한풀 누그러뜨리며 말했다.

"그야 물론 술에 취했으니까 그렇지. 그래서 대개 토요일 밤에 일이 벌어진다니까."

"아무리 술에 취했어도 무슨 이유가 있을 거 아니니?"

호기심 많은 핑크 부인이 계속해서 물었다.

"너도 참, 그 사람이 인사불성이 되어 들어와서 때릴만한 사람이 나 말고 또 누가 있겠니? 다른 사람을 때리면 맞은 사람이 가만히 있겠어? 때론 저녁 식사를 차려놓지 않았다고 때리고, 또 어떤 날은 차려놓았다고 때리고… 뭐 딱히 이렇다 할 이유는 없어. 그냥 술을 실컷 퍼마시다가 아내가 있는 몸이라는 생각이 들면 집으로 들어와서 그냥 날 두들겨 패는 거야. 그래서 난 토요일 밤에는 모서리가 날카로운 물건들은 아예 눈에 띄지 않는 곳으로 치워둬. 그래야 맞을 때 머리를 다치지 않기 때문이야. 내가 남편한테 한 방 얻어맞으면 온 몸에 충격이 오는데, 1라운드에서 뻗어버릴 때도 있어. 하지만 그 1주일을 즐겁게 지내고 싶다든가, 새 옷을 하나 얻어 입고 싶을 땐 다시 일어나서 흔쾌히 맞아주는 거야. 어젯밤에도 그랬어. 한 달 전부터 내가 검은 실크 블라우스를 입고 싶었다는 걸 잭도 알고 있다고 생각했지만, 한쪽 눈에만 멍이 들어선 사줄 것 같지 않았어. 두고 보라구, 오늘 밤엔 틀림없이 실크 블라우스를 사올 거야. 아이스크림 내기를 해도 좋아."

그러자 핑크 부인은 뭔가 곰곰이 생각하는 눈치였다.
"우리 집 그이는 말이지, 날 한 번도 때린 적이 없어. 그래, 네 말대로 우리 남편은 무표정한 얼굴로 집에 돌아와서는 입을 꼭 다

물고 있는 거야. 나를 데리고 어디를 가준 적도 없어. 우리 남편은 집에서는 아주 게을러. 뭘 사줄 때도 있긴 하지만 그럴 때도 뚱하고 있으니 전혀 고맙지가 않아."

캐시디 부인은 친구인 밍크 부인의 어깨를 끌어당기며 말했다.

"참 안됐구나! 하지만 모든 여자가 다 잭 같은 남편을 만날 수는 없지. 세상 남자들이 다 우리 그이 같다면 결혼생활에 실패란 건 없을 거야. 결혼생활에 만족하지 못하는 여자들도 많이 있는데, 정작 그녀들에게는 적어도 일주일에 한 번쯤 늑골을 걷어차고는 나중에 키스해 준다거나, 초콜릿이나 아이스크림 등으로 보상해주는 그런 남자가 필요한 거라구. 그렇게 하면 여자들도 생활에 즐거움을 느끼게 되지. 난 패기 있는 남자가 좋더라. 술에 취해 인사불성이 됐을 때는 자기 마누라를 두들겨 패더라도, 맨 정신으로 돌아왔을 때는 꼭 껴안아주는 그런 남자가 좋지, 이것도 저것도 아닌 맥 빠진 남자는 딱 질색이야!"

캐시디 부인의 말을 듣고 핑크 부인은 공감하듯 한숨을 내쉬었다.

결혼이란 이름의 배

갑자기 복도에서 쿵쾅거리는 소리가 들렸다. 그러더니 잭이 문을 발로 '쾅!'하고 걷어차면서 들어왔다. 그는 선물 꾸러미를 한 아름 안고 있었다. 캐시디는 재빨리 달려가서 그의 목을 끌어안고 매달렸다. 다치지 않은 그녀의 멀쩡한 눈은 정신을 잃은 채 구출돼 온 뉴질랜드 원주민 처녀가 애인의 오두막에서 정신이 들었을 때 떠올리는 그런 사랑의 눈빛으로 타오르고 있었다.

"여보!"

잭이 큰 소리로 외쳤다. 그는 들고 있던 짐 꾸러미들을 바닥에 내팽개치고는 아내를 힘차게 끌어안았다.

"여보, 내가 바넘 베일리 극장표 두 장 사왔어! 그리고 그 상자 속에 실크 블라우스가 들어있으니 어서 풀어봐! …아, 안녕하세요? 핑크 부인… 함께 있는 줄 몰랐습니다. 마틴 그 친구도 잘 지내고 있죠?"

"아아 네, 덕분에 잘 지내고 있어요."

핑크 부인이 대답했다.

"전 이제 올라가봐야겠어요. 남편이 곧 저녁 먹으러 돌아올 시간이에요. 캐시디, 네가 아까 보고 싶다고 했던 그 옷본은 내일 가지고 올께."

핑크 부인은 위층 셋방으로 올라와서 얼마 동안을 훌쩍거렸다.

그것은 아무런 의미도 없는 울음, 여자만이 울 수 있는 울음, 특별한 이유도 없이 허무맹랑한 울음, 한탄의 레퍼토리 속에서도 가장 가엾고 기분을 풀길이 없는 그런 울음이었다.

"왜 마틴은 날 두들겨 패지 않는 걸까? 그이 역시 잭만큼 크고 힘이 센데 말이야. 그이는 날 전혀 사랑하지 않는 걸까? 그이는 나와 한 번도 말다툼한 적이 없고, 집에 와서는 화난 사람처럼 말 한마디 없이 빈둥거리기만 했어. 돈은 쓸 만큼 벌어다 주는 편이지만 인생을 어떻게 즐기는지 모르고 있단 말이야!"

핑크 부인은 자신의 꿈을 실은 배는 이제 정지한 것이라 생각했다. 선장인 남편은 양식창고와 갑판의 그물침대 사이를 왔다갔다 할뿐이다. 이따금 갑판 뒤에서 배의 널빤지라도 때려 부수거나, 아니면 갑판 뒤에서 발이라도 구른다면 얼마나 재미있을까?… 사실 그녀는 여러 진기한 섬에 도달하는 유쾌한 항해를 기대하면서 결혼이라는 이름의 배를 띄운 것이다. 그런데 지금은, 이를테면 자기가 선택한 스파링 파트너에게 아주 작은 상처 하나 입히지 않은 채 무기력한 라운드를 몇 번이나 계속하여, 지친 끝에 권투경기를 포기해버리고 싶은 심정이다.

순간 그녀는 캐시디가 미워졌다. 얼굴이 찢어지고 상처를 입었음에도 불구하고, 남편이 사다주는 선물과 키스로 상처를 달래고 있는 그녀가… 아내를 두들겨 패고 야수 같긴 하지만 자기를 사랑해주는 남편과 변화무쌍한 항해를 계속하고 있는 그 캐시디가 미웠다.

7시가 되자 마틴이 돌아왔다. 그는 가정생활이라는 속박에 발목이 묶여 있는 사람이었다. 그는 아늑한 가정생활의 울타리 바깥으로 나가 배회하고 다닐 생각이 전혀 없었다. 그는 항상 똑같은 시간에 전차를 타고 돌아왔으며, 이를테면 먹이를 삼킨 뱀처럼 만족해했고, 쓰러진 자리에 꼼짝 않고 누워있는 나무토막과 같은 사람이었다.
"저녁 드셔야죠, 여보."
핑크 부인은 남편을 위해 저녁식사를 정성껏 준비해둔 터였다.
"음, 그러자구."
마틴이 중얼거렸다.

저녁식사를 마치자마자 마틴은 신문을 주워 모아 읽기 시작했다. 핑크 부인은 괜히 짜증이 났다. 그녀는 속으로 한탄했다.
"양말을 신은채로 집안에 처박혀 있는 남자가 떨어져야 할 지옥의 노래를 불러다오. 온갖 의무에 묶여 실크나, 무명실이나, 레이스 실이나, 털실 옷을 걸치고 모든 걸 묵묵히 참고 따라온 아내들이여, 새로운 지옥의 노래는 이런 남자들에게 불러주어야 마땅할 것이다."

노동절

 이튿날은 노동절이었다. 잭과 마틴 무두에게 이날 하루는 휴일이었다. 이날만큼은 노동자들도 자신들을 뽐내며 거리를 활보하거나 다른 방법으로 하루를 보낼 수 있는 날이었다.
 아침 일찍 핑크 부인은 옷본을 보여주려고 캐시디 부인의 집으로 내려갔다. 캐시디는 새 실크블라우스를 입고 있었다. 멍이 든 그녀의 눈조차도 휴일의 빛을 발하고 있었다. 잭은 이틀 전의 일을 뉘우치고 있는 듯 공원이니, 소풍이니, 필스너 맥주를 마시느니 하며 유쾌하게 하루의 일정을 짜고 있었다.

 핑크 부인이 위층으로 돌아왔을 때, 그녀의 가슴 속에서는 분노와 질투심이 끓어올랐다.
 "언제나 상처가 생겨도 그 즉시 치료가 가능한 저 캐시디는 얼마나 행복할까? 그렇지만 캐시디만이 저런 행복을 독차지하란 하는 법이 어디 있는가? 사실 남편 마틴은 잭 못지않게 좋은 사람이다. 그런데 그는 아내를 두들겨 패지도, 또 사랑해주지도 않으니 착한 아내는 언제까지 지루하고 따분한 생활을 계속해야 한단 말인가?…"

그런데 바로 그 때, 불현듯 핑크 부인의 머리속에는 기발한 생각이 떠올랐다. 그녀는, 잭만큼이나 주먹을 잘 휘두르고 역시 잭만큼이나 자기 아내에게 다정하게 대해주는 남편이 이 세상에는 얼마든지 존재한다는 사실을 캐시디에게 보여주고 싶었다.

"그래, 가만히 있으면 안 된다. 어물어물 하다가는 틀림없이 모처럼의 노동절 휴일도 평소 때처럼 그냥 그렇게 지나가버릴 것이다. 뭔가 저질러야 한다."

부엌에 있는 붙박이 빨래 통에는 두 주일 치나 되는 밀린 빨래가 어젯밤부터 물에 잠겨 있었고, 마틴은 양말을 신은채로 앉아서 신문을 읽고 있었다. 이러다가는 정말 노동절 휴일도 후딱 지나가 버릴 것만 같았다.

핑크 부인의 마음속에는 질투의 파도가 거세게 밀려오더니, 마침내 분노로 변하여 소용돌이치기 시작했다. 만일 남편이 자신을 두들겨 패려고 하지 않는다면, 또 그가 남성이라는 것과 남성으로서의 특권을 행사하려 하지 않는다면, 그로 하여금 자기 의무를 다하도록 옆에서 부추겨야 할 것이다.

마틴은 파이프에 불을 붙인 다음, 아주 평화스럽게 양말을 신은 채로 발가락을 발목 근처에 대고 문질렀다. 그는 마치 생과자 속에 녹아 뭉쳐진 지방덩어리처럼 무기력하게 일상생활 속에 안주하고 있었다. 바로 이런 것이, 다시 말해 집안에 편안히 앉아 아내가 비눗물을 철버덕거리는 소리를 들으며 곧 식탁에 오를 점심식사의 향긋한 냄새를 맡거나 신문을 통해 간접적으로나마 이 세상을 누비고 다니는 것이 그에게 있어서는 최고의 행복이었던 것이다. 그에게는 차마 생각할 수도 없는 일들이 많이 있었지만, 특히 아내를 두들겨 팬다는 것은 감히 생각할 수도 없는 일이었다.

분노의 여신처럼

핑크 부인은 수도꼭지를 틀고 비누거품 속에다 빨래판을 집어넣었다. 그때 아래층으로부터 캐시디의 쾌활한 웃음소리가 들려왔다. 아직껏 남편에게 얻어맞은 적이 없는 위층 여자에게는 그 웃음소리가 마치 자신들의 따분한 결혼생활을 비웃는 듯 한 조소처럼 들려왔다.

이제야말로 핑크 부인의 차례였다. 그녀는 갑자기 신문을 읽고 있는 남편에게 다가가 분노의 여신처럼 덤벼들었다.

"이 게으름뱅이야!"

하고 그녀는 소리쳤다.

"왜 내가 당신처럼 지긋지긋한 인간을 위해서 팔이 빠지도록 빨래나 하며 이런 고생을 해야 하지?… 그러고도 당신이 남자야? 난 부엌이나 지키는 개냐구!"

깜짝 놀란 만틴은 신문을 떨어뜨린 채 멍하니 앉아 있었다. 핑크부인은 이 정도의 행동으로는 남편이 자기를 때리지 않을까봐 은근히 걱정이 되었다. 그래서 그녀는 주먹을 꽉 쥐고 남편에게 달려들어 있는 힘을 다해 그의 얼굴을 때렸다. 순간 그녀는 남편에 대해 오랫동안 느껴보지 못했던 짜릿한 애정의 전율을 느꼈다. 그녀는 속으로 외쳤다.

'남편 마틴이여, 일어나라. 이제는 네 왕국으로 들어갈 때가 왔노라!'

그녀는 이제 곧 날아올 남편의 주먹이 얼마나 센지, 그것을 느끼게 되기를 잔뜩 기대했다. 오직 남편이 자기를 얼마나 사랑하고 있는지 알기 위해서, 단지 그것만을 위해서…

 마틴은 자리에서 벌떡 일어났다. 핑크 부인은 다른 손을 힘껏 휘둘러 다시 한 번 그의 턱을 후려쳤다. 그리고 남편의 주먹이 날아올 것을 기대하며, 무섭도록 행복한 순간을 위하여 두 눈을 꼭 감았다. 그녀는 마음속으로 다시 한 번 남편의 이름을 중얼거리고는 그토록 갈망했던 주먹을 고대하며 몸을 앞으로 내밀었다.

드디어…

 아래층에서는 잭이 외출할 준비를 하면서 부끄럽고 겸연쩍은 표정으로 캐시디의 눈에 연고를 발라주고 있었다. 그때, 위층에서 여자의 큰 소리와 무언가 부딪히는 소리, 걸려 넘어지는 소리, 발로 쿵쿵대는 소리와 의자가 뒤집히는 소리 등 부부싸움을 하는 듯한 소리가 들려왔다. 캐시디가 말했다.
 "저런, 마틴과 핑크가 싸우는 모양이에요. 어쩐 일이지?…"
 잭이 말을 받았다.
 "술도 마실 줄 모르는 사람들인데 참 별일이군! 얼른 가서 말려줘야겠어."

그러자 캐시디 부인의 한쪽 눈이 다이아몬드처럼 빛났다. 그리고 다른 한 쪽 눈까지도 모조보석처럼 빛을 발했다.

"오오!"

그녀는 나직이, 흔히 여자들이 감탄할 때 내는 그런 탄성을 질렀다.

"어쩌면, 어쩌면… 잭, 잠깐만 기다려요. 내가 금방 올라갔다 올게요!"

그녀는 급히 층계를 뛰어 올라갔다. 그녀가 발을 위층 복도 끝에 내딛었을 때, 핑크 부인이 부엌문으로부터 뛰쳐나왔다.

"오, 핑크!"

캐시디 부인은 기쁜 듯이 몸을 떨었다. 그리고는 핑크 부인에게 속삭였다.

"남편이 때렸어? 정말로 널 때렸단 말이야?"

핑크 부인은 캐시디에게 달려와서 그녀의 어깨에 얼굴을 묻고 하염없는 울음을 터뜨렸다. 캐시디 부인은 핑크 부인의 얼굴을 끌어안았다가 두 손으로 부드럽게 들어올렸다. 그녀의 얼굴은 온통 눈물로 얼룩져 붉으락푸르락했지만, 벨벳처럼 부드러웠고, 약간의 주근깨가 섞여있는 얼굴에는 마틴의 주먹에 의해 맞은 자국도, 긁힌 자국도, 상처를 입은 어떤 흔적도 찾아볼 수 없었다.

"도대체 어떻게 된 거야?!"

캐시디 부인이 다그쳐 물었다.

"말하지 않으면 내가 들어가서 확인해볼 거야. 도대체 어떻게 된 거야? 남편이 널 때리지 않았어, 응? 말 좀 해봐!"

핑크 부인은 다시 절망적으로 친구의 가슴에 얼굴을 파묻었다.

"제발 부탁이야. 그 문을 열지 말아줘 캐시디!"

그녀는 흐느끼며 말을 이었다.

⋮

"그리고 아무에게도 말하면 안 돼. 너만 알고 있어야 돼! 그인 내 몸에 손가락 하나 까딱하지 않았어. 그리고… 아, 어떻게 해야 하지? 그인 지금 나 대신 빨래를 하고 있어. 자기가 직접 빨래를 하고 있다고!"

마음은 미묘함의 증거이며 그 증거를 본 사람은 아직 아무도 없다.

- O. 헨리 -

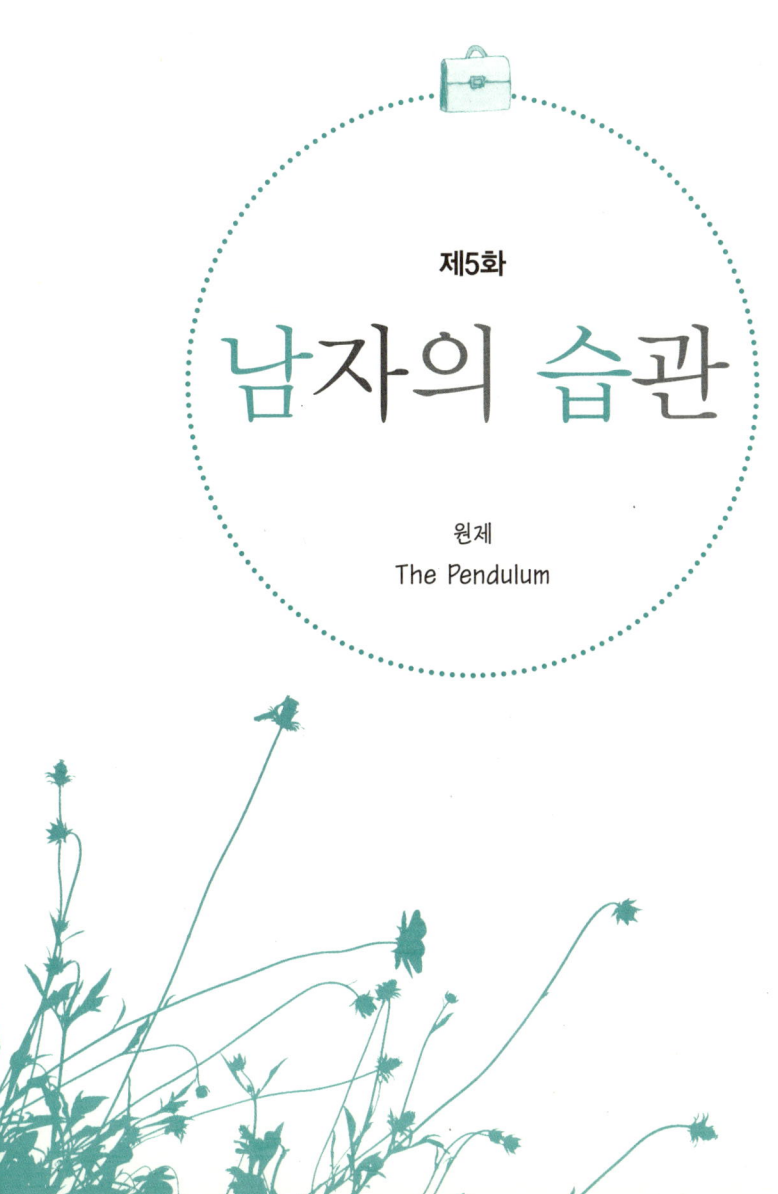

아파트의 일상

"81번가입니다. 내리실 분 내리시기 바랍니다."

푸른색 제복을 입은 차장이 큰 소리로 외쳤다. 전차에 탔던 한 무리의 승객이 내리자 또 다른 한 무리의 승객이 우르르 올라탔다.

"땡! 땡!"

맨해튼 고가철도 전차는 요란스런 소리를 내며 떠났고, 존 퍼킨스는 전차에서 내린 승객들 틈에 섞여 역의 층계를 내려갔다.

존은 서두르지 않고 자기 아파트를 향해 천천히 걸어갔다. 그가 서두르지 않는 이유는, 그의 일상에서 '혹시'라는 말은 없었기 때문이었다. 결혼생활 2년째로 아파트에서 단조로운 생활을 해온 사나이에게 무언가 재미있는 사건 따위가 일어날 리 없었던 것이다.

그는 천천히 걸어가면서 무미건조하고 무료한 듯한 웃음을 지으며, 이 단조로운 일상의 뻔한 상황을 예견해보았다.

　케이티가 문간에서 콜드크림과 버터과자 냄새를 풍기며 입맞춤으로 나를 맞이해 줄 것이다. 나는 윗옷을 벗고 바닥이 돌로 된 거실에 앉아 석간 신문을 펼쳐들고 큼직한 활자로 찍힌 러시아와 일본에 관한 기사, 즉 러일전쟁에 관한 기사를 읽을 것이다. 그러면 냄비구이 고기와, 상하지 않았음을 보증한다고 쓰여 있는 소스로 버무려진 샐러드와, 오염되지 않았다고 상표를 붙인 딸기잼 한 병이 저녁 식사로 올라올 것이다. 저녁식사를 마치고 나면 케이티는 넥타이 천을 잇대어 꿰맨 이불의 기운 자리를 보여줄 것이다. 그리고 7시 30분이 되면 위층의 뚱뚱보가 체조를 시작할 테니, 가구 위에 신문지를 깔고 아래층으로 떨어져 내리는 석회가루를 받아내야 할 것이다. 8시 정각에는 복도 맞은편 방에 사는, 출연계약을 맺지 못한 유랑극단의 배우 히키와 무니가 술이 얼큰하게 취해서 한바탕 소동을 벌일 것이다. 그들은 흥행주 햄머스타인이 주급 500달러로 계약하자며 자기들을 쫓아다니는 망상에 사로잡혀 의자를 거꾸로 돌리며 법석을 떨 것이다. 그리고 때를 맞춰 길 건너편 건물의 같은 층에 사는 신사가 창문에서 플루트를 연주할 것이고, 밤거리에는 가로등이 하나 둘 켜질 것이다. 이때가 되면 식품을 운반하는 차들도 이제 좀 한가해질 시간이다. 아파트 관리인은 쟈노비키 부인의 다섯 아이들을 다시 한 번 길 건너 저편으로 내쫓을 것이고, 꽃무늬가 있는 멋진 구두를 신은 부인은 테리어 종 개를 데리고 층계를 내려와서 초인종과 우편함 위에 목요일에만 사용하는 자기 이름을 써 붙일 것이다. 이렇게 해서 프로그모어 아파트의 밤은 여느 때와 같이 깊어 갈 것이다.

존 퍼킨스는 이런 일들이 매일 반복해서 일어날 것임을 잘 알고 있었다. 그리고 8시 15분이 되면 자기는 용기를 내어 모자를 집어들 것이고, 그러면 아내가 못마땅한 말투로 이렇게 물어올 것이다.

"어딜 가려구요? 나도 좀 알아야겠어요."

그러면 그는 이렇게 대답할 것이다.

"맥클로스키 당구장에 가서 친구들과 내기 당구나 한 게임 치고 올게!"

최근 들어 존은 저녁에 친구들과 당구를 치는 것이 습관이 되어 버렸다. 그는 10시나 11시가 되어서야 집에 돌아오는데, 케이티가 잠들어 있을 때도 있고 깨어있을 때도 있었다. 케이티가 깨어 있을 때는 몹시 화가 나서 가짜 목걸이의 도금된 부분이 벗겨지듯 결혼에 대한 환상의 도금이 벗겨지는 것을 참을 수 없어 분노를 터뜨리곤 했다. 만약 사랑의 신 큐피드가 프로그모어 아파트에 사는 결혼의 희생자들의 변호인이 된다면 존이 제일 먼저 법정에서 남편의 책임을 추궁당할 것이다.

사건

그런데 오늘 저녁 존 퍼킨스가 자기 집 앞에 도착했을 때, 그는 평범한 생활 속에서 일어난 엄청난 변화에 직면해야만 했다. 늘 과자 냄새를 풍기며 입맞춤으로 반겨주던 귀여운 케이티의 모습이 보이질 않았다. 방은 온통 난잡하게 어지럽혀져 있고, 그녀의 물건들이 바닥에 엉망으로 흩어져 있었다. 구두는 거실 한 가운데에, 헤어드라이며 머리리본, 일본식 기모노와 분갑 등이 정신없이 뒤섞여 화장대와 의자 뒤에 널브러져 있었다.

단언하건데 이것은 분명 케이티가 한 짓이 아니었다. 존은 어디론가 침몰하는 듯한 기분으로 곱실거리는 그녀의 갈색 머리칼이 엉켜 있는 빗을 바라보았다. 무언가 굉장히 급한 일이거나 상서롭지 못한 일이 발생했음이 분명했다. 왜냐하면 여느 때 같으면 그녀는 자신의 머리칼을 모아 언젠가 남들이 부러워할 만한 가발을 만들기 위해, 그것을 벽난로 위의 작고 파란 꽃병 속에 간수해 두었기 때문이다. 혹시 납치라도 당한 건 아닐까?…

존은 철렁 내려앉은 마음을 진정하려다가 문득 꼭꼭 접혀진 종이가 눈에 잘 띄도록 가스 밸브에 끈으로 매어져 있는 것을 발견했다. 그는 얼른 달려가서 그것을 펼쳐보았다. 급히 써내려간 듯한 아내의 편지였다.

"사랑하는 존, 방금 어머니가 위독하다는 전보를 받았어요. 4시 40분 기차를 탈거예요. 그쪽 정거장엔 샘 오빠가 나오기로 했어요. 냉장고에 양고기를 넣어놓았어요. 부디 어머니가 편도선염이 재발되신 게 아니었으면 좋겠는데… 우유배달부가 오면 우유값 50센트를 주세요. 가스 계량기 숫자를 가스회사에 알려주는 것도 잊지 마세요. 빨래한 양말은 맨 위 서랍에 넣어뒀어요. 내일 다시 연락할게요."

결혼생활 2년 동안, 존과 케이티는 단 하룻밤도 떨어져 자본 적이 없었다. 존은 어찌할 바를 몰라 아내가 쓴 쪽지를 몇 번이고 읽고 또 읽었다. 이제껏 단 한 번도 바뀐 적이 없는 일상생활에 드디어 예기치 않은 변화가 생긴 것이다. 그는 그저 어리둥절할 뿐이었다.

 케이티가 늘 입고 식사준비를 하던 빨강바탕의 검정색 물방울 무늬 앞치마가 주인을 잃은 채 쓸쓸히 의자 등받이에 걸쳐져 있었다. 급히 서두른 탓인지 평상복도 여기저기 던져져 있었으며, 그녀가 매우 좋아하는 버터 볼이 든 조그만 종이봉지는 끈이 풀려진 채로 열려 있었다. 신문 한 장이 바닥에 펼쳐져 있었는데 기차 시간표가 있는 자리만 찢어져 구멍이 뚫려 있었다. 방안의 모든 것들이 생명을 잃고 있었다. 즉 핵심적인 존재가 사라졌다는 것과 몸체에서 영혼이 빠져나가버렸다는 것을 말해주고 있었다. 존 퍼킨스는 공허하고 황량한 기분으로 생명이 없는 잔해 속에 멍하니 서 있었다.

자유의 의미

 한참만에야 그는 방을 정리하기 시작했다. 케이티의 옷이 손에 닿자, 흡사 공포와도 같은 전율이 온몸에 느껴졌다. 그는 지금까지 단 한 번도 케이티가 없는 생활에 대해 생각해 본 적이 없었다. 그녀는 완전히 그의 생활 속의 일부였기 때문에 그에게는 마치 늘 호흡하는 공기, 꼭 필요하지만 전혀 의식하지 못했던 공기와도 같은 그런 존재였다. 그런데 지금 그녀는 아무런 예고도 없이 떠나 버리고 말았다. 마치 처음부터 존재하지 않았던 사람처럼 완전히 사라져버린 것이다. 물론 그것은 2~3일이거나 기껏해야 1~2주일 정도가 될 것이다. 그러나 존은 마치 죽음의 손이 안정되고 평온한 그의 가정에 파탄을 일으킨 듯한 느낌마저 들었다.

존은 냉장고에서 양고기를 꺼내고 커피를 끓인 다음, 뻔뻔스럽게도 '순도 보장'이라는 상표가 붙어있는 딸기잼을 앞에 놓고 혼자서 식사를 하기 시작했다. 식어서 별 맛이 없는 음식들 위로 맛있는 냄비구이 고기와 황갈색 소스로 버무린 샐러드의 환영이 생생하게 떠올랐다.

그의 가정은 파괴되고 말았다. 편도선염을 앓고 있는 장모가 그의 가정의 수호신을 내쫓고 단란한 가정의 행복을 빼앗아 가버린 것이다. 쓸쓸히 식사를 마친 존은 앞쪽 창가로 가서 의자에 앉았다. 담배를 피우고 싶은 기분도 아니었다. 바깥에서는 도시가 쾌락과 환락의 한 가운데로 얼른 나와 한몫 끼라고 요란스럽게 유혹하고 있었다. 존은 오늘 밤 혼자였다. 누구의 간섭도 받지 않고 외출할 수 있으며, 길거리의 다른 유쾌한 독신자들처럼 자유롭게 환락을 즐길 수도 있다. 원하기만 한다면 밤새도록 술을 마시고 떠들어대거나, 여기저기 돌아다니면서 즐길 수도 있다. 심지어 환락의 찌꺼기가 남아있는 술잔을 손에 들고 집에 들어온다 해도 그것을 나무랄 사람이 없었다. 그가 마음만 먹으면 날이 밝아 가로등 불빛이 흐릿해지는 시간까지 마음껏 친구들과 어울려 당구장에서 당구를 칠 수도 있었다. 이제 따분한 프로그모어 아파트의 일상은 마법에서 풀렸고, 자신을 구속하던 '결혼'이라는 사슬도 풀렸다. 그런데 어찌된 일인가? 케이티가 없는 세상은 무한한 자유도 아무런 의미가 없다니!…

후회

존 퍼킨스는 자신의 감정을 분석하는데 익숙하지 않았다. 그러나 지금 케이티가 없는 폭 10피트, 길이 12피트의 거실에 우두커니 앉아있노라니, 자신을 불안하게 하는 주된 원인이 무엇인지 확실히 깨달을 수가 있었다. 이제야 그는 케이티가 자신의 행복에 없어서는 안 될 소중한 존재임을 절실히 깨닫게 된 것이다. 일상적인 가정생활이 되풀이됨으로써 무의식 속에 묻혀있던 그녀에 대한 소중함이 그녀가 사라지고난 후에야 비로소 생생하게 되살아난 것이다.

우리는 속담이나 설교나 우화, 또는 그보다 더 설득력 있고 진실 된 말들을 이미 귀에 못이 박히도록 들어오지 않았는가? '새가 날아가 버린 후에야 그 새의 아름다운 소리를 찬양하게 된다고…'
"나는 정말 바보였어!"
하고 존 퍼킨스는 후회했다.
"지금까지 케이티를 소중하게 생각하지 않았다니!… 퇴근 후에 집에서 아내와 함께 밤을 보내는 대신 밖으로 나가 친구들과 내기 당구나 치고, 술을 마시며 떠들어대지 않았는가?… 내가 그따위 짓을 하고 돌아다니는 동안 가엾은 케이티는 아무런 즐거움도 없이 혼자서 외롭게 밤을 보냈을 텐데… 존 퍼킨스, 너는 정말 몹쓸 인간이야! 이제 사랑하는 케이티를 위해서 무언가 보상을 해 주어야한다. 밖에 데리고 나가 재미있는 구경도 시켜주고, 맛있는 음식도 사주어야해. 그리고 그놈의 맥클로스키 당구장 패거리들과는 오늘 이후부터 깨끗이 손을 끊고 말테야!'

창밖의 거리에서는 여전히 존 퍼킨스를 향해, 왁자지껄 떠드는 군중 속에 들어와 함께 춤을 추자고 큰 소리로 불러대고 있었다. 맥클로스키 당구장에서는 친구들이 본격적으로 게임이 시작될 시간을 기다리며, 한가로이 연습 당구를 치고 있을 것이다.

그러나 지금은 화려한 환락의 거리도, 딱딱 소리를 내는 당구 큐대 소리도 케이티에 대해 뼈저리게 후회하고 있는 존 퍼킨스의 마음을 유혹할 수는 없었다. 그는 지금까지 케이티를 무시하고 반쯤은 경멸하듯 대했었지만, 막상 그녀가 없고 보니 지금은 애달프도록 그녀가 그리웠다.

그런데 세상 남자들이여, 기억할지어다. 이토록 후회에 잠겨있는 퍼킨스란 남자의 계보를 더듬어 올라가면 행복한 에덴동산에서 쫓겨난 아담에까지 이를 것이다.

시계추

존 퍼킨스가 앉아있는 의자의 오른쪽 옆에는 다른 빈 의자가 하나 놓여 있었다. 그리고 그 등받이에는 케이티의 파란 블라우스가 걸쳐져 있었다. 그 블라우스는 아직도 케이티의 몸매의 윤곽을 희미하게 간직하고 있었다. 소맷자락의 한가운데쯤에는 그를 편안하고 기쁘게 하기 위해 열심히 일하느라 생긴 가느다란 주름이 남아 있었다. 그윽하면서도 마음 설레게 하는 야생 히아신스 향기가 블라우스에서 풍겨 나왔다. 존은 그것을 집어 들고 생명 없는 옷감일 뿐인 그 블라우스를 한참 동안 애절한 눈길로 바라보았다.

"케이티는 생기를 잃은 적이 없어!"

존 퍼킨스의 눈에서 눈물이 흘러내렸다.

"케이티가 돌아오면 모든 것이 달라질 것이다. 지금까지의 무관심에 대해 충분히 보상해주리라. 그녀가 없는 인생이 대체 무슨 의미가 있단 말인가?"

그때 현관문이 스르륵 열렸다. 케이티가 작은 가방을 손에 들고 들어왔다. 존은 넋 나간 사람처럼 그녀를 바라보았다.

"여보, 당신 곁에 돌아오게 되서 기뻐요!"

그리고 그녀는 이어서 말했다.

"어머니는 그리 대단하지는 않았어요. 샘 오빠가 정거장까지 나왔더라구요. 어머니는 잠시 정신을 잃었다가 전보를 친 뒤에 바로 깨어났데요. 그래서 저는 잠시 어머니와 함께 있다가 돌아온 거예요. 커피가 너무 먹고 싶어요, 한 잔 타주실래요?"

프로그모어 아파트 3층이 다시 정상으로, 그러니까 평소처럼 돌아가기 시작했을 때, 그것은 잠시 톱니가 맞지 않아 '덜커덩!' 하고 소리를 냈을 뿐이라는 사실을 노련한 괘종시계 시계공만이 알 뿐이었다. 벨트가 당겨지면서 스프링이 자리 잡고 톱니가 조정되자, 시계추는 다시 예전과 같이 정상적으로 흔들리기 시작했다.

⋮

존 퍼킨스는 벽에 걸린 괘종시계를 쳐다보았다. 9시 15분이었다. 그는 손을 뻗쳐 모자를 집어 들고 문 쪽으로 걸어갔다.

"어딜 가려구요? 나도 좀 알아야겠어요."

케이티가 늘 그랬듯이 따지는 듯한 말투로 물었다.

그러자 존이 대답했다.

"맥클로스키 당구장에 가서 친구들과 내기 당구나 한 게임 치고 올게!"

습관은 제2의 천성이다.

- O 헨리 -

제6화
도시는 아득히 먼 곳에 있었다

원제
The Defeat of the City

알프스의 최고봉 마터호른

　로버트 웜즈리는 도시로 나오는 바람에 마지막까지 악전고투하는 신세가 되었다. 그는 재산과 명성을 얻는 데는 성공했지만, 반대로 도시에 삼켜지는 형편이 되고 말았다. 도시는 그가 원하는 것을 준 다음, 그에게 낙인을 찍어버린 것이다. 도시는 자기에게 걸맞은 형태로 그를 개조하고 재단하고 손질하여 불도장을 눌러버렸다. 그에게 사교계의 문을 열어주고, 선택된 사람들만 출입하는 잘 손질된 잔디밭에 그를 가두어 버렸다. 시골의 복장과 습관과 예법과 사투리를 벗어버리고, 고매한 뻔뻔스러움과 신경에 거슬릴 정도의 말쑥함과 불균형의 균형 등을 터득하게 한 것이다. 그래서 그의 훌륭한 태도에 비하면 맨해튼 출신 상류계급 신사들조차 오히려 우스꽝스런 소인배로 보일 정도로 만들어 버렸다.

주(州)의 산간벽지에 있는 시골 마을에서는 이 성공한 젊은 변호사를 그 고장이 배출한 훌륭한 인물이라고 자랑스러워했다. 6년 전만 해도 이 지방 사람들은 얼굴에 주근깨투성이인 웜즈리 영감의 맏아들 봅이 말 한 필 있는 농장에서 그런대로 배불리 먹을 수 있는데, 그 밥숟갈을 팽개치고 대도시의 대중식당에서 먹는둥 마는둥한 식사 생활을 택했다는 말을 듣고, 그들은 버찌 열매로 물든 이빨을 밀짚으로 쑤시면서 시골냄새 나는 웃음소리로 비웃었었다. 그러나 6년이 지난 지금 워싱턴에서는 로버트 웜즈리의 이름 없이는 어떤 살인 사건의 공판도, 자동차 사고 처리도, 마차 여행의 연회도, 정식 무도회의 코틸리언 춤도 그 무엇 하나 원활히 진행되지 않았다.

양복 재단사는 길거리에서 그를 기다렸다가 주름살 하나 없는 새로운 바지를 입히려고 애썼고, 클럽의 외국계 미국인들이나 전통 있는 가문에서 태어난 사람들까지도 자진해서 그의 이름을 부르며 아는 체를 했다. 그만큼 그는 이제 유명인사가 된 것이다.

하지만 로버트 웜즈리의 이런 '성공'이라는 마터호른(알프스의 최고봉)의 등정도 그가 엘리사 반 데르풀과 결혼함으로써 비로소 그 최고봉을 밟은 것이다. 여기서 굳이 알프스의 마터호른을 인용한 것은 도시의 딸 엘리사가 그만큼 높고, 차갑고, 희고, 접근하기 어려운 존재였다는 것을 말하기 위해서이다.

그녀의 발아래에 펼쳐진 사교계의 알프스, 그 찬바람 몰아치는 산길에는 정상을 꿈꾸는 몇 천 명의 등반가들이 몰려들어 비비대며 분투하고 있었다. 그러나 그들이 아무리 애를 써도 그들은 겨우 그녀의 무르팍까지 밖에는 오지 못했다. 그만큼 그녀는 맑디맑고, 청초하고, 도도한 자신의 분위기 속에 초연히 치솟아 어떤 샘에도 함부로 발을 들여놓지 않았고, 원숭이들에게 향응을 베풀지도 않았으며, 품평회를 위해 개를 기르지도 않았다. 그녀는 반 데르풀 가(家)의 고결한 수선화였다. 샘물은 단지 스스로 마시기 위해 만들어진 것이고, 원숭이는 남의 조상이 되기 위해 태어난 것이며, 개는 장님이나 파이프를 피워 문 불쾌한 인간들의 길동무가 되기 위해 만들어진 것으로 간주하고 있었다.

이것이 바로 로버트 웜즈리가 정복한 알프스의 최고봉 마터호른이었다. 산꼭대기에 오르는 사람들은 늘 가장 높은 봉우리가 대부분 눈과 구름에 뒤덮여 있다는 것을 발견할 것이다. 로버트 웜즈리가 마침내 모든 경쟁자들을 물리치고 정상에 오른 건각으로서 예지의 눈을 가진 시인처럼 그것을 깨달았다 할지라도, 그러나 그는 정상에 오르느라 동상에 걸려버린 아픈 발을 말끔한 외관 밑에 감추고 있었다. 어쨌든 그는 마터호른에 오른 행운아였으며, 뜨거운 심장을 식히기 위해 윗옷 속에 아이스크림 제조기를 넣고 다니는 스파르타식 성공자임을 스스로 잘 알고 있었다.

어머니의 편지

　호와 요트가 있는 외국으로 짧은 신혼여행을 다녀온 이들 마터호른 부부는 상류사회의 조용한 연못, 그토록 고요하고 차갑고 햇빛마저 비치지 않는 그 연못에 화려한 파도를 일으켜 놓았다. 두 사람은 전통 있는 구역에서도 과거의 위대함을 간직하고 있는 붉은 벽돌집 대저택에서 내로라하는 귀빈들을 초청해 연회를 베풀었다. 　로버트 웜즈리는 한 손으로 손님들과 악수를 나누면서도 다른 한 손에는 등산용 피켈과 온도계를 단단히 쥐고 있었다. 그것은 자신이 자랑스럽게 여기는 아내 엘리사가 마터호른이었기 때문이다.

　어느 날, 엘리사는 남편의 서재에서 그의 어머니가 아들에게 보낸 편지를 발견했다. 그것은 농작물의 수확에 관한 얘기며, 어머니다운 애정이며, 농장에서 일어난 일들을 서투른 글씨로 또박또박 써내려간 것이었다. 요즘 태어난 붉은 송아지의 건강이 어떻다는 것을 알려주는 한편, 로버트의 건강을 걱정하고 있었다. 고향에서 곧장 날아온 흙냄새가 물씬 풍기는 편지, 그것은 꿀벌의 전기(傳記)이며, 갓 낳은 달걀에 대한 찬가(讚歌)이며, 내동댕이쳐진 양친에 관한 잔소리이며, 마른 사과의 평이 좋지 않다는 비평으로서, 다소 지루하기도 한 편지였다.

"어머님 편지를 왜 저한테 보여주지 않았어요?"

하고 엘리사가 로버트에게 물었다. 그녀의 차분한 어조는 언제나 수녀원 지붕에 쌓인 눈 같은 것이며, 확대경이며, 티파니의 계산서이며, 돈슨에서 포티마일까지 미끄러져 가는 썰매이며, 샹들리에에 매달린 유리막대기들이 부딪히는 소리이며, 나아가서는 가석방을 반대하는 경찰 간부의 주장 같은 그런 것이었다.

"어머님께서 우리가 함께 농장에 놀러오기를 바라시던데요."

그러면서 엘리사는 말을 계속 이었다.

"전 한 번도 농장을 본적이 없어요. 한 번 다녀오기로 해요."

"그럽시다. 그게 좋겠어."

대법원 배석 판사가 어떤 의견에 동의할 때 말하듯 로버트는 점잖을 빼면서 말했다.

"난 당신이 가고 싶어 하지 않을 줄 알고 일부러 편지를 보여주지 않았지. 그런데 당신이 먼저 가자고 하니 정말 고마워."

"제가 어머님께 답장을 쓸게요."

엘리사는 어렴풋 기쁨의 빛을 보이면서 말을 이었다.

"가정부 아주머니한테 곧 짐을 꾸리게 하죠. 트렁크가 일곱 개 있으면 충분하지 않을까 몰라… 어머님은 그리 많은 사람들을 초대하진 않겠지요? 집에서 늘 파티를 하나요?"

로버트는 얼른 일어서서 농촌지역에 대해 해박한 검사(檢事)의 자격으로, 일곱 개의 트렁크 중에서 여섯 개는 기각하라고 제의했다. 그런 다음 그는 농장을 정의하고, 묘사하고, 설명하고, 진술하려고 변론조의 말을 늘어놓았다. 그는 자신의 말을 자기가 들어도 기묘하게 들렸다. 6년 사이에 자기가 얼마나 철저히 도시화 되었는지에 대해서 그는 지금처럼 강하게 자각한 적이 없었다.

대지의 소리들

일주일 뒤, 사교계의 명사 부부는 도시에서 다섯 시간쯤 떨어진 어느 시골마을의 조그마한 정거장에 내려섰다. 노새가 끄는 마차를 타고 나온, 목소리가 엄청나게 큰 한 젊은이가 빙글빙글 웃으면서 로버트에게 거칠게 인사를 했다.

"형, 정말 오랜만이야. 자동차를 못 갖고 나와서 미안해. 아버지가 그 차로 클로버 밭을 10에이커나 파헤치고 있는 중이거든. 급하게 나오느라 옷도 못 갈아입고 왔어. 아직 시간이 있으니까 해 떨어지기 전에 충분히 갈 수 있을 거야."

"반갑다, 톰."

하고 로버트는 동생의 손을 덥석 잡으면서 말했다.

"그래, 너 말대로 정말 오랜만이구나. 2년 전에 다녀가고 지금 오는 거야. 앞으론 자주 와야겠어!"

여름의 찌는 듯 한 더위 속에서도 북극의 망령처럼 차갑고, 노르웨이의 눈 아가씨처럼 흰 엘리사가 투명한 모슬린 의상에 레이스 양산을 팔랑거리면서 정거장 모퉁이를 돌아 모습을 나타냈다. 그러자 톰이 그만 침착성을 잃고 말았다. 그는 빛바랜 푸른 작업복 차림으로 엘리사에게 무슨 말을 못하고, 눈만 껌뻑거리면서 노새에게 지껄일 말만 생각하고 있었다.

일행은 집을 향해 마차를 몰았다. 기울어진 태양이 풍요로운 보리밭위에 황금빛을 아낌없이 쏟아 붓고 있었다. 도시는 이제 아득히 먼 곳에 있었다. 집으로 가는 길은 단정치 못한 옷에서 흘러내린 리본처럼, 숲과 골짜기와 언덕을 돌아 꼬불꼬불하게 굽어져 있었다. 바람이 태양신의 말 뒤를 히잉거리며 쫓아오는 망아지처럼 그들을 쫓아왔다.

이윽고 우거진 숲에 둘러싸인 농장의 하우스가 차츰 그 잿빛 모습을 드러냈다. 일행은 큰길에서 집으로 통하는 긴 호두나무 오솔길을 지나, 시냇가에 무성하게 자란 수양버들의 시원한 입김과 들장미의 향기를 흠뻑 마셨다. 이어 대지의 온갖 소리들이 도시에서 온 손님을 마중하며 그들의 영혼에 대고 일제히 노래를 불렀다. 시냇물 여울은 졸졸대며 떨리는 소리로 노래를 불렀고, 어렴풋이 보이는 목장으로부터는 목양신의 맑은 풀피리 소리가 들려왔다. 그러자 길 건너편 숲 속에서 쏙독새의 울음소리가 이에 화답했다. 그리고 이 모든 소리는 도시로부터 온 손님에게 이렇게 말하고 있는 것 같았다.

"어서 오세요. 정말 잘 오셨습니다."

정다운 흙의 소리는 계속해서 그들에게 말을 건넸다. 초목의 줄기와 잎과 꽃은 로버트가 아직 젊었을 때의 말투로 이야기를 걸어 왔다. 눈에 익은 돌도, 울타리의 횡목도, 밭고랑도, 지붕도, 길모퉁이 덤불까지도 그에게 다정히 말을 건네 왔다. 고향은 그에게 싱그러운 미소를 던졌다. 그는 그 숨결을 느꼈고, 잠시 옛 애인 곁에 돌아온 듯 한 기분에 젖어들었다. 지금 도시는 아득히 먼 곳에 있었다.

이처럼 전원은 고향으로 복귀한 로버트 웜즈리의 마음을 사로잡았고, 그의 넋을 빼앗아 갔다. 동시에 그는 기묘한 기분을 느꼈다. 자기 옆에 앉아 있는 엘리사가 갑자기 남처럼 여겨지기 시작한 것이다. 문득 그녀가 이 세계에 속하지 않는 사람인 것처럼 느껴졌다. 그녀가 지금처럼 손에 닿지 않는 듯한 먼 비현실적인 존재로 여겨진 적은 여태껏 없었다. 그러면서 또한 마치 마터호른이 농부의 양배추 밭과는 조화되지 못하는 것처럼, 덜커덩거리는 마차 안 바로 옆에 앉아 그의 기분이나 주변의 풍경과 어울리지 못하고 있는 엘리사를 지금만큼 마음속으로 찬미한 적도 일찍이 없었다.

되살아난 전원의 피

그날 밤 인사와 저녁식사가 끝나자, 노랑 강아지 버프까지 모든 가족들이 현관 앞마당에 모였다. 엘리사는 엷고 아름다운 잿빛 가운을 걸치고, 그리 뽐내지는 않았지만 입을 다문 채 한쪽 그늘에 앉아 있었다. 로버트의 어머니는 흔들거리는 고리 의자에 앉아 매우 즐거운 듯 도시에서 온 며느리에게 신경통의 민간요법에 관한 이야기를 들려주었다.

동생 톰은 돌층계의 제일 위단에 걸터앉고, 누이동생 밀리와 펌은 반딧불을 잡으려고 제일 아랫단에 앉아 있었다. 아버지는 한쪽 팔이 떨어져나간 큼직한 안락의자에 묵직하게 앉아 있었고, 노랑 강아지 버프는 사람들 쪽으로 앞다리를 쭉 뻗고 마당 한가운데 넙죽이 엎드려 있었다. 보이지는 않았지만 황혼의 요정과 천사들이 살며시 로버트에게 다가와 그의 영혼을 부드럽게 어루만졌다.

아버지는 아직 그 세대에 맞는 예절이 남아있어, 파이프도 피우지 않고 무거운 가죽구두를 신은 채 팔짱을 끼고 앉아 있었다.

"그렇게까지 체면 차리실 건 없어요. 아버지!"

하고 로버트가 큰 소리로 말하고는 농장 신사의 구두를 쥐고 잡아당겨서 벗겨주었다. 그런 뒤 나머지 한쪽 구두가 너무 쉽게 쑥 빠지는 바람에 로버트는 마당에 벌렁 나자빠져서 머리를 노랑강아지 버프에게 부딪히고 말았다. 깜짝 놀란 버프가 과장된 비명을 지르며 튕겨나가듯 마당 가로 도망쳤다. 그러자 톰이 형의 그 우스운 꼴을 바라보며 큰 소리로 웃어댔다.

"푸하하하… 허깨비 변호사께서 힘없는 강아지를 내쫓고 대신 그 자리를 차지하셨군!"

그러자 로버트는 윗옷과 조끼를 벗어 라일락 울타리에 던지면서 톰에게 소리쳤다.

"뭐? 나보고 허깨비라구? 이리 내려와 노새야! 내가 노새 등에 풀씨를 잔뜩 묻혀 주마."

톰은 도시에서 온 허깨비 신사의 도전의 뜻을 알아차렸다. 그래서 층계를 두어 걸음으로 성큼성큼 내려오더니, 흔쾌히 형의 도전을 받아들었다. 두 사람은 마당가 풀밭으로 가더니 씨름판의 거인들처럼 서로 마주잡고 연이어세 번이나 힘을 겨뤘다. 허깨비로만 알았던 도시의 변호사가 과장된 기합소리와 함께 힘센 농군을 두 번이나 풀밭에 쓰러뜨렸다.

머리를 헝클어뜨리고 숨을 헐떡거리면서 힘을 자랑하던 두 사내는 비틀거리며 현관 마당으로 돌아와서도 거친 숨을 몰아쉬었다. 여동생 밀리가 도시에서 온 오빠에게 비아냥거리며 말했다.

"오빠, 작은 오빠가 일부러 져준 거야. 그러니 그렇게 으스댈 거까진 없어요!"

그러자 로버트는 당장 손에 쥐고 있던 징그러운 베짱이를 누이의 얼굴에다 갖다 대었다. 밀리는 기겁을 하고 비명을 지르며 울타리 밖으로 달아났다. 뒤쫓아 가던 로버트와 함께 두 오누이는 멀리 배추밭까지 달려 나갔다가 되돌아왔다. 밀리는 오빠 뒤에 따라 오면서 계속 뭐라고 종알거렸고, 로버트는 여전히 전원의 흥분에 사로잡힌 채 씨근거렸다.

"노새든지, 황소든지, 짝패든지 다 덤벼라! 너희들 몇 명이 한꺼번에 덤벼도 자신 있다."

도시에서 온 변호사는 아주 오만하게 선언했다. 그리고는 풀밭에서 휙 날아 재주를 한 바퀴 넘어 보였다. 동생 톰은 여전히 형을 바라보고 빙글빙글 웃으며 헛기침을 했다. 내친 김에 로버트는 뒷마당으로 달려가 흑인 영감 아이크에게 밴조를 들려 데리고 와서는, 마당 한가운데서 '빵 쟁반위의 닭고기' 노래에 맞추어 반시간 동안이나 보기 좋게 탭댄스를 춰 보였다.

정말 미치광이 같은 뒤죽박죽이었다. 노래를 부르기도 하고, 한 사람을 제외한 온 가족이 비명을 지를 만큼 끔찍한 이야기를 들려주기도 하고, 시골뜨기 흉내를 내기도 하고, 우스꽝스런 농민의 모습을 따라 하기도 했다. 로버트는 혈관 속에서 되살아난 옛 생활에 열광하며 꼭 미친 사람처럼 즐거워했다.

너무나 어처구니없는 짓을 하므로, 한번은 어머니가 부드럽게 타이르려고 했다. 그러자 엘리사가 무슨 말을 할 듯한 기색을 보이더니 결국은 아무 말도 하지 않았다. 계속해서 소동이 일어나는 동안 그녀는 꼼짝도 않고 누구에게 말을 건네는 일도 없이, 표정을 읽을 수 없는 어스름 속에서 하얀 정령처럼 호젓이 앉아 있었다.

이윽고 그녀는 피곤하다면서 방으로 들어가겠다고 양해를 구했다. 안으로 들어가면서 그녀는 로버트를 스치고 지나갔다. 머리는 온통 헝클어지고, 얼굴은 시뻘겋게 상기되어 있고, 옷은 마구 구겨지고, 소란스런 희극 속의 우스꽝스런 등장인물 같은 몰골로 로버트는 문 앞에 서 있었다. 인기 높은 클럽의 회원이자 사교계의 스타인, 어느 한 점 나무랄 데가 없는 변호사 로버트 웜즈리의 면모는 이제 어디에도 찾아볼 수 없었다. 그는 집안의 농기구들을 이용해 요술을 부리고 있는 중이었다. 가족들은 이제 그에게 완전히 압도되어 그저 감탄을 연발하며 쳐다보고 있는 중이었다. 엘리사가 옆을 지나갈 때, 로버트는 흠칫 놀랐다. 그녀가 이 자리에 있었다는 것을 그는 까맣게 잊고 있었던 것이다. 엘리사는 남편을 쳐다보지도 않고 2층으로 올라갔다.

천만송이 사과나무 꽃

그 뒤 소동은 차츰 가라앉았다. 반 시간쯤 더 가족들과 이야기를 나누다가 로버트도 2층으로 올라왔다. 그가 방에 들어섰을 때, 엘리사는 창가에 서 있었다. 마당에 나왔을 때의 그 잿빛 가운을 아직 그대로 입고 있었다. 창밖에는 꽃이 가득 핀 커다란 사과나무가 덮칠 듯이 가지를 뻗고 있었다.

로버트는 숨을 고르면서 창가로 다가갔다. 그는 속으로 운명과의 대결을 각오했다. 마침내 본래의 정체를 드러내고 만 벼락 명사인 그는 엘리사의 말없는 모습 속에서, 하얗게 떠오른 심판의 결과를 예견했다. 반 데르풀 집안의 엄격한 관례를 그는 잘 알고 있었다. 이제 그가 보잘것없는 농군 집안의 아들로서 야만스런 몰골로 골짜기를 뛰어다니는 망아지임이 드러난 이상, 차갑고 흰 영혼의 눈으로 덮인 마터호른의 정상은 아마도 그에게 냉정한 판단을 내릴 수밖에 없을 것이다. 이제 그는 스스로의 행위로 가면을 벗어버린 것이다. 도시가 만들어준 세련된 몸가짐과 예법도, 시골의 산들바람을 맞자마자 몸에 맞지 않는 망토처럼 쑥 벗겨지고 만 것이다.

로버트는 목전에 다가온 죄의 선고를 망연히 기다리고 있었다. 그는 문득 성경의 한 구절을 떠올렸다.

"너희가 옳은 자를 정죄하였도다. 또 죽였도다. 그는 너희에게 대항하지 아니하였느니라."

"로버트!"

하고 재판관의 조용하고도 냉정한 목소리가 들려왔다.

"나는 아주 세련된 신사와 결혼한 줄 알고 있었어요."

'아, 마침내 왔구나!' 그런데 심판의 순간에 직면하고서도 로버트는 옛날 이 창문을 통해 자주 기어 올라가곤 했던 사과나무의 커다란 가지를 열심히 바라보고 있었다. 그는 지금도 그 가지에 얼마든지 기어 올라갈 수 있다고 생각했다. '이 나무의 꽃은 천만 송이쯤 될까?…'

그때 다시 심판관이 입을 열었다.

"나는 진정 신사와 결혼한 줄 알고 있었어요."

이어 그 목소리는 차분하게 말했다.

"하지만, …"

⋮

로버트는 만개한 사과 꽃을 잠자코 바라보았다. '그런데 왜 심판관은 가까이 다가서는 것일까?'

"하지만 이젠 알았어요. 내가 결혼한 사람은,"

'아, 이게 엘리사의 본래의 목소리인가?…'

"더 근사한 한 사람의 남성이었다는 것을요. 로버트 제게 입맞춤 해줘요!"

도시는 아득히 먼 곳에 있었다.

도시는 얼굴을 갖고 시골은 영혼을 갖는다. 그리고 모든 말들을 초월하는 진심은 사랑하는 가슴 속에 숨어 있다.

- O. 헨리 -

O.헨리 작품 전체를 관통하는 정서 2 위트

위트(Wit)는 '지적 예지(銳智)로 사물이나 상황을 인식하여 타인에게 웃음을 줄 수 있는 능력, 또는 독자나 관객을 즐겁게 하기 위해 고안된 기발한 표현이나 언행'을 가리키는 말이다. 간혹 위트와 유머(humor)가 동일시되기도 하지만, 유머가 익살스러운 말이나 행동 양식을 가리킨다면 위트는 보다 지적인 정신능력과 창의력을 말한다.

16~17세기에는 특히 문학 분야에서 '참신한 역설과 비유를 만들어내는 발랄한 언어적 재능'을 가리켜 위트라 했다.

위트는 짧고 교묘한 언어적 표현으로 감탄과 익살을 불러일으키기 위해 지금까지의 평범한 언어 습관이나 코드(code)를 파기하고 새롭게 창조된 표현으로 독자들에게 지적 즐거움을 주며, 종종 경구((epigram)로 남기도 한다.

보통 위트의 소유자는 상황이나 사물의 색다른 면을 통찰하는 예리함을 지니고 있으며, 그 상황이나 사물간의 개념을 솜씨 있게 비틀거나 비유하는 놀라운 능력을 지니고 있다.

영국의 시인 존 드라이든은 위트를 '예리한 발상의 표현'이라고 정의했으며, 비평가 알렉산더 포프는 '교묘히 꾸민 자연스러움'이라고 평가했다.

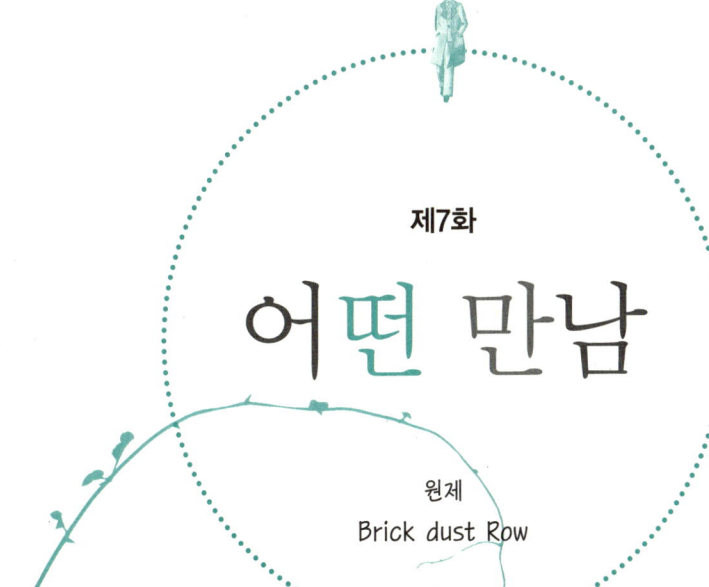

연기된 여행

블링커는 기분이 몹시 상했다. 만일 교양과 자제력과 재산이 없는 사람이었다면 마구 욕을 해대며 투덜거렸을 것이다. 그렇지만 그는 자기가 언제나 신사라는 것을 잊지 않았다. 그래서 마음 내키지 않는 곳으로 마차를 타고 가면서도 그저 지겹다는 듯이 냉소적인 표정만 지었다. 그가 가기 싫어하는 곳이란 브로드웨이에 있는 법률사무소였다. 거기 있는 올드포트 변호사는 블링커의 재산 관리인이다.

"저는 이제…"

하고 젊은 블링커가 말했다.

"이렇게 밀린 서류에 서명하는 일이 지겨워요. 오늘 아침에 노스우즈로 떠날 예정이었는데 오늘은 다 틀렸습니다. 내일로 연기

하는 수밖에 별 도리가 없겠어요. 변호사님도 아시다시피 전 밤차 타는 걸 싫어해요. 면도기가 어느 트렁크에 들어 있는지 알 수도 없고, 결국 서툰 이발사의 손에 얼굴을 내맡겨야 하는데, 혼자 중얼거리며 싸구려 향수나 발라대는 그런 이발사는 딱 질색이라구요. 서류에 서명할 테니 오늘은 긁히지 않는 펜으로 주세요."

"아무튼 서두르지 말고 좀 앉기나 하게."

이중 턱에 머리가 하얗게 센 올드포트 변호사가 말했다.

"자네 말대로 부자인 것이 때로는 지겨울 때도 있지. 그렇지만 아직 해야 할 얘기의 본론은 꺼내지도 않았네. 서류는 준비되어 있지 않네. 내일 오전 11시쯤이나 되어야 서명할 수 있을 걸세. 여행 떠나는 건 하루 더 연기하는 게 좋겠어."

"저는,"

하고 블링커가 말했다.

"서류 뭉치를 꾸미고 챙겨야 하는 성가신 일이 아니었다면, 변호사님께 재산관리를 맡기지도 않았을 겁니다."

"나는,"

하고 이번엔 올드포트 변호사가 말했다.

"자네가 옛 친구의 외아들만 아니었다면, 자네 재산이 상어 밥이 되든지 좀도둑의 유흥비가 되든지 상관 않고 벌써 자네 손에 넘겼을 걸세. 이봐, 블링커! 불평은 그만 하고 내일은 30건 쯤 되는 서류에 서명하는 일 외에 또 다른 사무적인 일이 있네. 아니, 사무적인 일이기도 하고 굳이 말한다면 인도주의적인 일이기도 하지. 이에 대해서 5년 전에 자네에게 말한 적이 있었네만, 자넨 귀담아 듣지 않더군. 그때도 자넨 여행을 떠난다면서 무척 바빴었지. 하지만 이젠 기간이 되서 그 문제를 더 미룰 수가 없네. 오늘 대충 개요를 말하면 그 부동산은…"

"또 부동산얘깁니까?"

하고 블링커는 올드포트 변호사의 말을 가로막았다.

"변호사님, 아까 내일이라고 하셨지요? 그 지긋지긋한 부동산 얘기도 내일 한꺼번에 하시면 안 될까요? 인도적인 일이고, 서명이고, 토지고, 건물이고 뭐건 간에 내일 한꺼번에 다 하기로 해요. 내일 점심식사도 저랑 함께 하시는 거죠? 그럼 내일 오전 11시에 다시 오겠습니다. 내일 뵐게요."

귀공자 블링커

블링커에게 상속된 재산은 주로 토지와 건물이었다. 그가 유일한 상속인이었기 때문에 올드포트 변호사는 전에 한 번 블링커를 자기 차에 태워 이 도시에 있는 그의 상가건물과 연립주택 등을 보여준 적이 있었다. 그때 블링커는 호기심을 가지기는 했지만, 올드포트 변호사가 자기를 위해 은행에 예금하고 있는 막대한 돈이 그 건물들로부터 나온다는 사실에 대해서는 크게 관심을 두지 않았다.

집 근처로 돌아온 블링커는 식사를 하려고 그가 즐겨 찾는 클럽으로 갔다. 아직 점심 식사를 하기에는 좀 이른 시간이었는데, 그곳에는 할 일 없는 노신사들이 모여 카드놀이를 하고 있었다. 돈 있고 활동적인 젊은이들치고 이런 시즌에 이 도시에 남아있는 사람은 아무도 없었다. 그래서 블링커는 속으로 생각했다.

"그런데 도대체 나는 뭔가? 나는 마치 학교에 남아서 종이 위에 몇 번이고 계속해서 이름을 써야 하는 초등학생처럼 이 도시에 붙들려 있는 것이 아닌가?"

블링커는, 신선한 연어 알에 대한 농담이라도 하려는 듯 반갑게 다가오는 종업원에게 말을 걸었다.

"이봐, 사이먼즈. 나 노스우즈로 휴가 가는 건 포기하고 가까운 코니아일랜드에나 다녀와야겠어."

그 어조는 종업원에게는 마치 '이제 모든 게 끝났어. 난 강물로 뛰어들 거야.'라고 말하는 것처럼 들렸다. 그래서 그런 말투가 그를 기쁘게 만들었다. 종업원 사이먼즈는 실례가 되지 않을 정도로 '쿡!'하고 웃으며 블링커에게 말했다.

"하지만 선생님 같은 귀공자가 어디 코니아일랜드에 어울리기나 하겠어요?"

만남

식사를 마치고 난 블링커는 신문을 집어 들어 여객선 시간을 찾아보았다. 그리고 첫 번째 길모퉁이에 서 있는 전세 마차를 발견하고는 뛰어나가, 노스리버의 선창으로 달리게 했다.

그는 서민 승객들과 똑같이 민주적으로 줄을 서서 표를 사고는, 밀리고 밟히면서 간신히 여객선 갑판위에 올라가 한숨을 돌렸다.

그러다가 자신이, 간이 의자에 혼자 앉아있는 어떤 아가씨를 체면도 없이 바라보고 있다는 사실을 깨달았다. 하기야 그는 예의에 어긋난 행동을 할 생각은 없었다. 그 아가씨가 너무나 아름다웠으므로 자기가 서민적 복장의 귀공자라는 것과, 남에게 늘 사교계의 품위 있는 행동을 보여야 한다는 사실을 그만 깜빡 잊어버린 것뿐이었다.

아가씨도 블링커를 쳐다보았는데, 비난하는 눈빛이 아니었다. 그리고 그때 바람이 확 불어 블링커의 모자가 날아갈 뻔 했다. 그는 얼른 모자를 눌러 머리위에 붙어있게 했는데, 그 동작이 마치 인사하는 모습처럼 보였다. 아가씨는 고개를 끄덕이고 미소를 지었다.

블링커는 점잖게 그녀의 곁으로 다가갔다. 그리고 그녀의 곁에 앉았다. 그녀는 하얀 드레스를 입고 있었는데, 그가 여태까지 보아온 낮은 신분의 여자들한테서 느꼈던 그런 모습이 아니었다. 다소 창백한 얼굴에 벚꽃처럼 청초하고 화사한 앳된 눈동자가 그녀의 마음 깊숙한 곳으로부터 대담하게 바깥을 내다보고 있었다.

"선생님은 저를 아시나요? 왜 먼저 인사를 한 거죠?"

그녀는 좀 낯설어 하면서도 담담한 말투로 물었다.

"아니, 저는 모자가…"

하고 말하려다 블링커는 얼른 말을 바꾸어 그녀의 착각을 얼버무렸다.

"아, 저는 눈이 마주쳤기에 인사하지 않을 수 없었습니다."

"그래도 저는 정식으로 자기를 소개하지 않은 남자분과는 나란히 앉을 수 없어요."

그녀는 갑자기 오만한 태도를 보이면서 말했다.

블링커는 그 말에 밀려 유감스러운 듯이 자리에서 일어났다. 그러나 곧 그녀의 밝고 놀리는 듯한 웃음소리가 다시 그 자리에 엉덩이를 내려놓게 만들었다.

"호호, 선생님은 무례한 행동을 하실 분 같지는 않네요."

그녀는 미인 특유의 자신감을 갖고 있었다.

"아가씨도 코니아일랜드에 놀러 가는 중인가요?"

"놀러라고 했나요?"

하고 그녀는 장난기와 놀라움이 어린 눈을 크게 뜨고 블링커를 쳐다보았다.

"어머, 제가 공원에서 자전거를 타고 있는 모습이 안 보이세요?"

"…아, 제가 망루에서 내려다보니 자전거를 타고 있네요."

하고 블링커가 맞장구를 치며 말을 이었다.

"아무튼 저와 함께 코니아일랜드를 구경하지 않으실래요? 저는 아직 코니아일랜드에 가본 적이 없거든요."

"그건,"

하고 그녀는 말했다.

"선생님이 어떻게 행동하느냐에 달렸어요. 배가 저쪽에 닿을 때까지 선생님 제의를 생각해 보겠어요."

이상한 힘

배를 타고 가는 동안, 블링커는 자신의 제의가 아가씨에게 거절당하지 않도록 여러 모로 마음을 썼다. 망루 위에 서서 그녀의 자전거 타는 모습을 관찰하는 것이 아니라, 자전거를 타는 그녀가 자신을 어떻게 생각할지에 신경을 쓰며 긍정적인 대답을 얻어내려 애를 썼다.

그러나 상류 사교계의 예의범절이란 결국 단순성에 귀착되는데, 이 아가씨가 또한 천성은 소박했으므로 두 사람은 차츰 터놓고 이야기를 나눌 수 있었다.

블링커는 아가씨의 나이가 스무 살이고 이름은 플로렌스이며, 어느 모자점에서 모자에 장식을 다는 일을 하고 있다는 것과, 우유 한 잔과 머리를 매만지는 동안에 익는 달걀 한 개면 아침식사가 충분하다는 것을 알게 되었다.

반면 플로렌스는 자기보다 대여섯 살쯤 더 많아 보이는 청년의 이름이 '블링커'라는 것을 알게 되었고, 그 순간 웃음을 터뜨렸다.

"어머나!"

하고 그녀는 말했다.

"그 이름만 들어도 선생님이 공상가라는 걸 알 수 있어요. 그런 그럴듯한 가명을 쓰는 동안 '스미스'니 뭐니 하는 진짜 이름은 잠시 휴식을 취할 수 있을 테니까 기분 나빠하진 않겠어요."

이윽고 두 사람은 코니아일랜드에 도착하여 배에서 내렸다. 그리고 관광객의 인파에 휩쓸려 큰길로 밀려 나갔다. 관광지 곳곳은 사람들로 넘쳐났다. 그래서 블링커는 도시락바구니를 들고 다니는 사람들과 부딪치기도 했다. 없는 돈을 털어 유행 옷을 사서 입고, 쉽게 사귄 여자와 팔짱을 낀 채 노점 사이를 걸어 다니는 건방진 젊은이들은 싸구려 엽궐련 연기를 훅훅 뿜어댔다. 메가폰을 든 공원의 노점상들은 저마다 자기의 알량한 상품 앞에 서서 나이아가라 폭포 같은 우렁찬 소리를 울려댔고, 금관악기, 피리, 북, 현악기 등의 쥐어짜는 듯한 온갖 소리가 공중에서 서로 경쟁상대를 굴복시키려고 윙윙거렸다.

그런 와중에 블링커는 호기심에 찬 눈과 비평적인 마음으로 신중하게 코니아일랜드의 사원과 탑과 정자 같은 것들을 감상했다. 그런데 블링커의 마음을 건드리는 것은 고색창연한 시설물들이 아니라, 비명을 지르고, 재촉해대고, 몸부림치며 체면도 예의도 없이 잔뜩 흥분해서 왁자지껄한 군중, 그 서민 계급들의 행태였다. 그들의 행태는 블링커가 속한 상류사회의 인내의 미덕이나 고상한 취미 같은 것들을 예사로이 짓밟았다.

이러한 서민들의 행태에 대해 심한 불쾌감을 느끼면서 블링커는 고개를 돌려 나란히 걷고 있는 플로렌스를 보았다. 그녀는 얼른 방긋 미소를 지어보이면서 송어가 뛰노는 냇물처럼 맑고 밝은 눈을 들어 그를 바라보았다. 그 눈은 행복에 빛날 권리가 있다고 말하는 것 같았다. 왜냐하면 그 눈의 임자는 적어도 지금 당장은 자기만의 남자이자 친구이며 재미있는 환상의 세계에 들어가는 열쇠를 쥔 사람과 함께 걸어가고 있기 때문이었다.

그런데 이상한 일이었다. 블링커는 그녀의 색깔을 정확히 파악할 수는 없었지만, 그녀의 어떤 이상한 힘으로 인해 갑자기 코니아일랜드가 달리 보이기 시작했다. 그리고 저속한 환락을 찾는 속물들의 무리도 더 이상은 야비하게 보이지 않았다. 지금은 또렷이 그들이 이상주의자들로 보이기 시작했다. 불쾌하던 마음도 깨끗이 사라졌다. 번쩍번쩍하게 장식된 전당의 화려한 환락은, 겉보기에는 가짜이지만 그 도금한 표면 속 깊숙이에서는 그것이 삶에 찌들고 장래가 불안한 사람들의 마음에 위안과 만족감을 주고 있다는 것을 깨달았다. 그리고 거기에는 어렴풋하기는 하지만 어떤 로맨스의 잔재, 즉 옛날 동화 속 풍경과 같은 일면도 남아 있었다. 공중에 솟아오르고 물속에 뛰어내리고 하는 아찔아찔한 모험이 사람들을 흥분시키고 있었던 것이다. 그곳으로 가는 길은 불과 몇 야드밖에 되지 않았지만, 마음 속에는 그들을 동화의 나라로 데려다 주는 마법의 양탄자가 있었다.

그래서 블링커의 눈에 비친 사람들은 이제 거친 군중이 아니라, 꿈과 이상을 찾는 동포들로 보였다. 비록 시(詩)나 예술의 고상한 매력은 없었지만, 그들의 공상의 마력은 거친 면직물을 비단으로 바꾸고, 시끄러운 메가폰을 은나팔로 바꾸어놓고 있었다.

블링커는 상류 계급의 오만한 마음의 예복을 벗어던지고 이상가들 속에 뛰어들었다.

"플로렌스,"

하고 그가 밝은 표정으로 물었다.

"이 유쾌한 동화의 나라를 어디서부터 어떻게 구경하면 좋을까요?"

"저기서부터 시작해서 마음에 드는 곳을 하나씩 구경하기로 해요."

플로렌스는 호기심 많은 어린아이처럼 저만치 서있는 기묘한 모양의 탑을 가리켰다.

여객선

두 사람은 오후 5시에 섬을 떠나는 여객선을 탔다. 그들은 뱃머리의 난간에 기대어 이탈리아인이 켜는 바이올린과 하프 소리에 귀를 기울이며 흐뭇한 피로감에 젖었다.

블링커는 모든 근심을 벗어던졌다. 한적한 노스우즈 따위는 인간이 살 수 없는 황량한 광야처럼 여겨졌다. 왜 거기를 가지 못해 그렇게 안달을 했는지 어이가 없다.

"플로렌스…"

블링커는 이 아름다운 이름을 몇 번이나 마음속으로 중얼거려 보았다.

여객선이 노스리버의 선창 가까이 다다랐을 때, 굴뚝이 두 개 있고 원양 항로의 외국배로 보이는 갈색 배 한척이 만을 향해 강을 따라 내려왔다. 관광객을 태운 여객선은 부두 쪽으로 뱃머리를 돌렸다. 외국 배는 강 가운데로 나가려는 듯이 방향을 바꾸었으나, 곧 항로에서 벗어나 속력이 가중되면서 뱃머리로 코니아일랜드를 왕래하는 여객선의 후미 옆구리를 들이받았다. 무서운 파괴 음과 함께 심한 충격이 일어나면서 여객선의 옆구리가 뚫어졌다.

배에 탄 수백 명의 승객들이 공포에 질려 비명을 지르며 갑판 위를 우왕좌왕하고 있는 동안, 선장은 외국배를 향해 '물러서면 부서진 틈으로 물이 들어오니 잠시 그대로 있으라'고 소리치고 있었다.

하지만 외국배는 사나운 톱상어처럼 난폭하게 뱃머리를 정기선의 옆구리에서 떼어 냈다. 그리고는 몰인정하게 파도를 일으키며 전속력으로 달아나 버렸다.

여객선은 후미에서부터 조금씩 가라앉기 시작했다. 배는 마치 다친 짐승처럼 후미를 이끌고 느릿느릿 선창을 향해 움직여 갔다. 승객들은 위험에서 벗어나기 위해 미친 군중으로 돌변해 있었다.

블링커는 배가 비스듬해 질 때까지 플로렌스를 꼭 껴안고 있었다. 그녀는 소리를 지르지 않았으며 공포의 빛도 보이지 않았다.

블링커는 접는 의자에 올라서서 머리 위의 얇은 널빤지를 뜯어내고 구명조끼 꾸러미를 끌어내렸다. 그리고 그 중 하나를 플로렌스의 몸에 두르고 버클을 죄기 시작하자, 머리 위의 캔버스 천이 찢어지면서 그 안의 바스러진 모조 코르크 가루가 쏟아져 내렸다. 플로렌스는 그것을 한 줌 쥐고는 블링커를 향해 웃어보였다.

"꼭 저녁 요리 때 쓰는 밀가루 같아요."

하고 그녀는 말했다.

"이런 때 이런 건 아무 소용이 없어요."

하면서 그녀는 자기 손으로 버클을 풀러 구명조끼를 갑판 위에 던졌다. 그리고는 블링커를 자리에 앉히고 자기도 그 옆에 앉아 그의 손을 꼭 쥐었다.

"이 배가 무사히 선창에 닿을 수 있을까요?"

이렇게 말하고는 입속으로 나직이 노래를 부르기 시작했다.

위기의 순간

선장은 분주하게 승객들 사이를 뛰어다니면서 진정하라고 외치고 있었다.

"이 배는 무사히 부둣가에 닿습니다. 여자 분들과 어린아이들은 먼저 상륙할 수 있도록 할 테니, 배 앞쪽으로 가 있으십시오!"

배는 후미를 물속에 담근 채 선장의 약속을 지키려고 안간힘을 쓰고 있었다.

"플로렌스,"

블링커는 그녀가 자신의 팔에 꼭 매달렸을 때 나직이 말했다.

"나는 당신을 사랑하게 됐어요."

"남자들은 다 그렇게 말하죠."

그녀는 가볍게 받아넘겼다.

"나는 그 중의 한 사람이 아니오."

블링커는 그녀에게 틈을 주지 않고 말을 이었다.

"나는 지금까지 내가 사랑할 만한 여자를 만나지 못했어요. 평생을 당신과 함께 하면 행복할 것 같아요. 나는 재산도 있고 당신이 원하는 건 뭐든지 해 줄 수 있어요."

"남자들은 다 그렇게 말하죠."

플로렌스는 똑 같은 말을 다시 한 번 되풀이했다.

"다시는 그런 말 하면 안 돼요!"

블링커의 어조가 뜻밖에 진지했으므로 플로렌스는 놀라는 빛을 띠고 그를 돌아보며 목소리를 낮추어 물었다.

"그런 말을 하면 안 되나요? 그런데 남자들은 다 그런 말을 하잖아요."

"남자라니, 누굴 말하는 거죠?"

블링커는 난생 처음으로 질투를 느끼면서 되물었다.

"제가 아는 남자들이죠 뭐."

"그렇게 많은 남자들을 알고 있나요?"

"저는 아무도 거들떠보지 않는 그림 속의 꽃이 아니에요."

플로렌스는 약간 만족스러운 듯한 투로 대답했다.

"어디서 그런 남자들과 만나죠? 집에서요?"

"그렇게 보지 마세요. 난 선생님과 만나듯 남자들을 밖에서 만나요. 배에서 만나는 수도 있고, 공원에서 만나는 수도 있고, 길거리에서 만나는 수도 있어요. 이래 뵈도 남자들 보는 눈은 있어요. 첫눈에 그 사람이 이상한 짓을 하는 사람인지 아닌지 금방 알아봐요."

"이상한 짓이라니요?"

"아이 참, 입 맞추고 싶어 하는 거 말예요."

"입맞춤 하려 드는 사람이 있었나요?"

블링커는 자기도 모르게 이를 악물고 있었다.

"그럼요, 남자들은 모두 그래요. 잘 아시면서…"

"그래서 입맞춤을 했나요?"

"안 했다고 말할 순 없어요. 하지만 많진 않아요. 그렇게 하지 않으면 아무데도 절 데려다주질 않기 때문이에요."

그녀는 고개를 돌려 표정을 살피듯 블링커를 쳐다보았다. 그 눈은 어린아이처럼 순수했고, 거기에는 상대편의 속셈을 알 수 없어 하는 당황의 빛이 감춰져 있었다.

"남자와 만나는 게 나쁜가요?"

플로렌스는 여전히 천진한 투로 물었다.

"뭐든지 나빠요!"

하고 블링커는 거의 골이 난 어조로 말했다.

"왜 아무하고나 만나요? 그리고 왜 집에서 손님을 접대하지 않아요? 길거리에서 만날 필요가 뭐가 있느냐 말입니다."

블링커의 진지한 말투에도 플로렌스는 순수하고 솔직한 눈으로 그의 눈을 똑바로 쳐다보았다.

"제가 사는 집을 보면 선생님도 그런 말을 못하실 거예요. 저는 벽돌가루 연립주택에 살고 있거든요. 온 집안에 뻘건 벽돌가루가 떨어져서 사람들이 그렇게 불러요. 저는 벌써 4년째 거기 살고 있어요. 그러니 누굴 초대할 여건이 안 되는 거죠."

"그런 줄은 몰랐어요. 그렇다면야 뭐…"

하고 블링커는 볼멘소리로 말했다.

"처음 길거리에서 모르는 남자가 말을 걸어왔을 때는,"

하고 그녀는 말을 이었다.

"저는 막 집으로 달려가서 밤새도록 울었어요. 하지만 사람이란 금방 길이 나나 봅니다. 저는 주로 교회에서 남자들과 사귀었어요. 비 오는 날 교회 입구에 서서 우산을 든 남자가 오기를 기다린 적도 있어요. …지금이라도 우리 집에 응접실이 있으면 좋겠어요, 그러면 선생님한테 우리 집에 가자고 말할 수도 있을 텐데… 선생님은 아직도 본인이 '스미스'가 아니라 '블링커'라고 우기실 참인가요?"

골목길

놀랍게도 배는 무사히 선창에 닿았다. 블링커는 배에서 내려 플로렌스와 함께 한적한 골목길을 걸어가면서 왠지 곤혹스러움을 느꼈다. 뭔가 마무리져 지지 않은 채 골목길 모퉁이에 이르렀기 때문이었다. 그녀는 걸음을 멈추고 손을 내밀었다.

"제가 사는 집은 여기서 조금만 더 가면 돼요."

하고 그녀는 말을 이었다.

"선생님 덕분에 오늘 아주 즐거웠어요. 고마워요."

블링커는 플로렌스와 헤어지고 나서, 무언가 입속으로 중얼거리면서 큰길쪽으로 뛰어 가다가 겨우 전세마차를 발견하고는 얼른 올라탔다. 길 오른쪽 낮은 건물 너머로 커다란 회색 교회가 보였다. 블링커는 마차 안에서 그 교회를 향해 주먹을 휘두르며 중얼거렸다.

"난, 지난주에 네놈한테 천 달러나 기부했다구! 그런데 플로렌스는 네놈의 문간에서 남자들과 만났단 말이야. 우습지 않나?"

응접실

이튿날 아침 11시, 블링커는 올드포트 변호사가 건네주는 펜으로 30건 쯤 되는 서류에 일일이 서명을 했다.

"그럼 이제 노스우즈로 떠나도 되는 거죠?"

펜을 놓으면서 블링커가 시무룩하게 말했다.

"안색이 별로 안 좋아 보이는군."

올드포트 변호사가 안경 너머로 바라보며 말을 이었다.

"여행은 좋은 거지. 미안하네만 어제도 말했고, 5년 전에도 말한 적이 있는 그 일에 대해서 잠시 귀를 기울여 주게나. 실은 열다섯 동의 건물이 있는데, 그 중 몇 동은 올해로 5년간의 임대기간이 만료되었네. 자네 부친은 그 계약 조항을 변경할 생각이었네만 실행에 옮기지 못하고 돌아가셨어. 자네 아버지가 생각한 것은 그 가옥의 방들 중 하나씩은 재 임대하지 않고 세입자들이 응접실로 쓸 수 있도록 수리해서 무상으로 사용하도록 하려는 것이었네. 그 건물은 주로 상가의 가난한 여점원들이 세 들어 사는데 부친은 인도주의적인 견지에서 그 붉은 벽돌로 지은 연립주택을…"

⋮

블링커는 별안간 큰 소리로 웃으면서 변호사의 말을 가로막았다.

"벽돌가루 연립주택 말이죠?"

하고 그는 큰 소리로 외쳤다.

"그리고 그것은 내 것이죠? 맞습니까?"

"세입자들이 뭐 그런 이름으로 부른다더군."

하고 올드포트 변호사가 대답했다.

블링커는 자리에서 일어나 모자를 푹 눌러썼다. 그리고 골이 난 어조로 말했다.

"변호사님 좋을 대로 하세요. 새로 수리를 하든지, 불살라 없애든지, 두들겨 부수든지 맘대로 하세요. 이젠 늦었어요, 그 응접실은 진작에 만들었어야 했다구요!"

사랑은 가장 달콤한 기쁨이요, 가장 처절한 슬픔이다.

- O. 헨리 -

제8화

섬

원제
The Cop and the Anthem

소피의 계획

소피는 메디슨 스퀘어 벤치에 앉아 안절부절 못하고 있었다. 기러기들이 소리를 내며 밤하늘을 날아가고, 바다표범가죽 외투가 없는 부인네들이 남편에게 아양을 떨고, 소피가 공원 벤치에 앉아 불안에 떨기 시작하면 이미 겨울도 가까이 와 있다는 증거이다.

마른 낙엽 한 장이 소피의 무릎 위에 떨어졌다. 그것은 서리의 명함이었다. 서리는 해마다 친절하게도 메디슨 스퀘어 사람들에게 자기가 찾아오는 것을 미리 예고해 준다. 다시 말해 서리는 매년 공원의 문지기인 냥 네거리 모퉁이에서 북풍에게 명함을 건네 주어 사람들이 겨울채비를 할 수 있게 해 주는 것이다.

소피는 다가오는 추운 겨울을 나기 위해서는 어떤 방도든 강구해야 한다는 것을 피부로 느꼈다. 그래서 그는 공원 벤치에 앉아 불안스레 떨고 있었던 것이다. 겨울을 나기 위해 소피가 생각하고 있는 것은 지중해 연안으로 여행을 떠난다든가, 따뜻한 남쪽나라로 간다든가, 나폴리의 베스비어스만으로 항해를 떠난다든가하는 그런 거창한 것이 아니었다. 그저 뉴욕 근처에 있는 블렉웰즈 섬 (형무소)에서 3개월을 지내는 것, 그것이 그가 진정으로 바라는 것의 전부였다. 북풍의 매서운 추위나 경찰관을 두려워하지 않아도 되고, 식사와 침대와 외로움을 떨칠만한 친구가 보장되어있는 그 석 달이 소피에게 있어서는 최고로 바람직한 겨울나기 수단이었다.

그는 최근 몇 년 동안 블랙웰즈 섬에서 좋은 대우를 받으며 겨울을 보냈었다. 겨울이 오면 팔자 좋은 뉴욕 사람들이 팜비치나 리비에라로 가는 티켓을 사듯, 소피도 그와 똑같이 해마다 이 섬으로 가기 위한 조촐한 행사를 치러왔다. 올해도 어김없이 그 시기가 다가온 것이다. 어젯밤에는 일요신문 석장으로, 한 장은 담요 삼아 밑에 깔고 한 장은 발목에 두르고 다른 한 장은 무릎위에 덮고 잤지만, 그런 것으로 공원 분수 옆 낡은 벤치위에서 추운 겨울 석 달을 지낸다는 것은 불가능하다. 그러니 저도 모르게 소피의 마음에 블랙웰즈 섬이 커다랗게 떠오른 것은 당연한 일이다.

소피는 '자선'이라는 미명하에 만들어진 거리의 떠돌이들을 위한 시설들을 경멸하고 있었다. 그의 견해에 의하면 법률 쪽이 자선보다 훨씬 인자하다는 것이다. 시(市)나 자선단체에서 운영하는 시설들은 수없이 많다. 그곳을 찾아가면 소박한 생활에 어울리는 숙소와 음식을 제공받을 수는 있다. 그러나 소피처럼 자존심이 강한 사람에게는 그곳에서 베푸는 자선이라는 것이 영 마음에 들지 않는다. 비록 돈을 지불하지는 않는다하더라도 '자선'이라는 이름으로 어떤 혜택을 받을 때마다 정신적 굴욕의 대가를 치러야 하기 때문이다. 그 옛날 시저에게 늘 부루투스가 붙어 다녔듯, 자선의 침대에 몸을 눕히기까지는 반드시 모욕이라는 세금이 붙어 다녔고, 빵 한 덩어리를 얻어먹을 때마다 사사로운 일까지 심문을 받는 대가를 치르지 않으면 안 되었다. 그래서 그는 그럴 바에는 차라리 법률의 신세를 지는 편이 났다고 생각했다. 법률은 규칙적으로 몸을 움직여야 한다는 단점은 있지만, 신사의 사사로운 일에 미주알고주알 참견하는 일은 없기 때문이었다.

구운 물오리 고기

섬으로 갈 것을 결심한 소피는 당장 그 소망을 이루기 위해 행동에 착수했다. 이 일에는 간단한 방법이 얼마든지 있다. 최상의 방법은 고급 레스토랑에 들어가서 가장 호화로운 식사를 한 다음 무일푼이라고 하면, 소란을 떨지 않고도 얌전히 경찰관에게 넘겨질 수가 있다. 그 나머지 뒤처리는 친절한 판사가 다 알아서 해줄 것이다.

소피는 공원 벤치에서 일어나 어슬렁어슬렁 브로드웨이 5번가 아스팔트 도로 위를 가로질러 걸어갔다. 그는 어느 화려한 레스토랑 앞에서 발걸음을 멈추었다. 그곳은 비단옷을 빼입은 상류층 사람들이 밤마다 최고급 포도주를 마시기 위해 몰려드는 곳이다. 소피는 조끼 맨 아래 단추를 기준으로 봤을 때, 그 위로는 차림새에 손색이 없었다. 수염은 말끔하게 깎았고 웃옷도 말쑥했으며, 단정하게 맨 나비넥타이는 추수감사절 날 어떤 전도부인한테서 선물로 받은 것이다. 만일 의심받지 않고 이 레스토랑 안의 식탁에 앉을 수만 있다면 성공은 보장되는 것이다. 테이블 위에 드러난 모습만을 본다면 웨이터도 전혀 의심하지 않을 것이다.
'우선 구운 물오리 고기가 적당하겠지'하고 소피는 생각했다. 거기에 백포도주 한 병과 캐멈벨 치즈 한 덩이, 커피 한 잔, 그리고 1 달러짜리 담배 한 대면 충분하다. 이 정도면 모두 합쳐 봐야 그리 대단한 액수는 아닐 테고, 그러면 스토랑 주인도 심한 분풀이를 하려 들지 않을 것이다. 그러면 배불리 먹은 행복감 속에서 무사히 겨울의 피난처인 섬으로 떠날 수 있을 것이다.

하지만 막상 소피가 그 화려한 레스토랑 안으로 들어섰을 때, 웨이터의 눈이 먼저 그의 닳아빠진 구두와 헤진 바지에 쏠리고 말았다. 억세고 날쌘 손이 말없이 그의 몸을 돌려세우더니 재빨리 도로 쪽으로 밀어내, 하마터면 공짜로 먹힐 뻔한 물오리 고기의 불명예를 지켜주었다.

멍청한 경찰관

하는 수 없이 소피는 브로드웨이에서 나와 옆길로 들어섰다. 아무래도 동경하는 섬으로 가는 길은 맛있는 음식을 먹고 행복감에 젖어서 갈수 있는 그런 길은 아니었던 모양이다. 다른 방법을 찾아야만 했다.

소피가 6번가 모퉁이에 들어서자 거기에는 화려한 조명 불빛과 잘 진열된 상품의 쇼윈도가 한결 돋보이는 가게가 있었다. 소피는 돌멩이 하나를 집어 들어 그 유리창을 향해 냅다 던졌다. 그러자 어느새 나타난 경찰관의 뒤를 따라서 많은 사람들이 모퉁이를 돌아 달려 나왔다. 소피는 두 손을 호주머니에 찔러 넣은 채 그 자리에 우뚝 서 있다가 경찰관을 보고 빙그레 웃었다.

"어떤 놈이야? 어디로 달아났지?"

경찰관이 씩씩대며 물었다.

"여보쇼 경찰관 나리, 내가 범인이라고 생각진 않나요?"

소피는 좀 비꼬는 투로, 그러면서 마치 행운의 여신을 맞이하는 사람처럼 당당하게 말했다.

그러나 경찰관은 소피의 말에 어떤 단서가 있으리라고는 생각조차 하지 않았다. 유리창을 깬 범인이 멀쩡히 현장에 남아 법률의 수호자인 경찰관과 천연덕스럽게 말을 건넬 리는 만무하다고 생각했기 때문이다. 사고를 낸 사람은 누구든 예외 없이 잽싸게 도망가 버리는 법이다.

주위를 두리번거리던 경찰관은 저만치 반 블록쯤 앞에서 전차를 타려고 달려가는 한 남자를 발견하고는 경찰봉을 빼들고 사람들과 함께 그 사나이를 뒤쫓아 갔다.

내동댕이쳐진 신사

두 번씩이나 연거푸 실패를 하자 맥이 빠져버린 소피는 울적한 마음으로 터덜터덜 걷기 시작했다. 길 맞은편에는 그리 신통치 않은 레스토랑이 하나 있었다. 식욕은 왕성하지만 주머니 사정이 시원찮은 사람들이 즐겨 찾는 그런 곳이었다. 그 식당의 실내 분위기는 수수했고, 식기는 그런대로 두툼했지만 테이블보와 스프는 얇고 묽었다. 소피는 아무런 제지도 받지 않고 닳아빠진 구두와 낡은 바지 차림으로 그곳으로 들어섰다. 그는 테이블에 자리를 잡고 앉아 비프스테이크와 큼직한 핫케이크, 그리고 도넛과 파이를 허겁지겁 먹어치웠다. 그런 다음 지배인을 불러 돈이 한 푼도 없다는 사실을 털어놓으면서 말했다.

"자, 어서 경찰을 부르쇼. 신사를 오래 기다리게 하는 건 식당 예의가 아니야."

"뭐야? 당신 같은 사람한텐 경찰관도 필요 없어!"

지배인은 칵테일 속의 버찌 같이 번들거리는 눈을 치켜뜨고, 버터케이크처럼 니글니글한 목소리로 외쳤다.

"야, 콘! 여기 와서 이 자식 손 좀 봐줘라."

그러자 달려온 두 웨이터가 다짜고짜 소피를 딱딱한 길바닥 위에다 내동댕이쳐버렸다. 소피는 목수가 꺽쇠 자를 펴듯이 관절 하나하나를 펴고 일어나 옷에 묻은 먼지를 털었다.

이제 경찰관에게 잡혀가는 일은 장밋빛 꿈에 지나지 않는 것처럼 여겨졌다. 섬은 아득히 멀게만 느껴졌다. 두 집 건너 약국 앞에 서 있던 경찰관도 이 광경을 보고는 빙긋이 웃으며 저편으로 가버렸다.

버델리아

한 다섯 블록쯤 걸어가노라니 소피는 다시 체포되고야 말겠다는 의지가 솟아났다. 이번에는 그런 것쯤은 식은 죽 먹기라고 생각할만한 기회가 나타났기 때문이다. 아주 고상하고 말쑥하게 차려입은 젊은 여자가 상점의 쇼윈도 앞에서 그 안에 놓인 면도용 비누 컵이며 잉크스탠드 같은 것들을 열심히 들여다보고 있었고, 거기서 2야드쯤 떨어진 곳에는 몸집이 크고 험상궂어 보이는 경찰관이 소화전에 비스듬히 기대어 서 있었다.

비열하고 천박한 치한처럼 굴자는 것이 소피의 계획이었다. 희생양이 될 여인의 고상하고 우아한 모습과 근엄해 보이는 경찰관을 눈앞에 두고, 그는 곧 경찰관의 힘센 손이 기분 좋게 자기 팔을 덥석 움켜쥐리라는 확신을 가졌다. 잡히기만 하면 아늑한 섬에서의 한겨울은 보장되는 것이다.

소피는 나비넥타이를 똑바로 고쳐 매고 자꾸만 기어 올라가는 와이셔츠 소매를 잡아당긴 다음, 모자를 삐딱하게 쓰고는 젊은 여자 곁으로 슬금슬금 다가갔다. 갑자기 '에헴!' 하고 헛기침을 하며 여자에게 추파를 던지고 히죽히죽 웃는 등 불량배의 그 염치없고 야비한 행동을 거침없이 해댔다. 그는 곁눈질로 경찰관이 자기를 조용히 지켜보고 있다는 것을 알고 있었다. 그렇지만 젊은 여자는 두어 걸음 뒤로 물러설 뿐, 겁먹는 기색 없이 여전히 면도용 컵을 정신없이 들여다보았다. 소피는 대담하게 그녀 곁으로 다가가 모자를 벗고 말했다.

"야, 버델리아! 우리 집에 가서 한 번 놀지 않을래?"

경찰관이 소화전 옆에서 계속 지켜보고 있었다. 희롱당하고 있는 젊은 여자가 손가락을 까딱해서 신호만 하면 소피는 저절로 섬의 안식처로 가는 길에 놓이게 된다. 벌써 그는 섬에서의 아늑한 방안 공기를 느끼는 듯 했다.

그러나 젊은 여자가 획 돌아서더니 한쪽 손을 내밀어 소피의 외투를 잡아당겼다.

"어머나, 마이크!"

그녀는 오히려 반가운 듯 말했다.

"맥주 한 잔 사주면 갈게. 진작 말하고 싶었는데 저기 저 경찰관이 계속 지켜보고 있어서 유혹을 못했어."

소피는 떡갈나무에 감기는 넝쿨처럼 달라붙는 여자를 데리고 풀이 죽어서 경찰관 앞을 얼른 지나치고 말았다. 그는 '아, 체포되지 않는 것이 나의 숙명인가 보다'라고 생각하면서, 담 모퉁이에 이르자 결국 여자를 뿌리치고 도망쳐버렸다.

치안방해

소피는, 밤이 되면 밝은 불빛과 사랑의 맹세와 달콤한 말이 쏟아지는 거리까지 와서야 비로소 걸음을 멈추었다. 모피를 걸친 여자들과 두툼한 외투를 입은 남자들이 겨울의 추운 바람 속을 분주히 오가고 있었다. 그는 갑자기 자기가 어떤 무서운 마술에라도 걸려 영원히 체포되지 않게끔 돼버린 것이 아닌가 하는 생각이 들었다. 그러자 덜컥 겁이 났다. 그래서 불빛이 호화찬란한 극장 앞에서 거드름을 피우며 왔다 갔다 하고 있는 경찰관을 다시 보았을 때, 그는 즉흥적으로 떠오른 '치안 방해'라는 손쉬운 방법을 써보기로 작정하고 즉시 행동에 들어갔다.

소피는 사람들이 분주히 오가는 길거리에서 목청껏 쉰 목소리로 주정뱅이 흉내를 내기 시작했다. 춤도 추고, 고함도 지르고, 부르짖으며 그 밖의 온갖 방법으로 도시가 떠나가도록 떠들어댔다. 그러자 경찰관은 경찰봉을 빙빙 돌리면서 소피에게 등을 돌리고 서서 모여든 시민들에게 이렇게 설명했다.

"예일대학 낙제생이 자기네 대학이 하트퍼드대학을 크게 이겼다고 축하 소동을 벌이고 있는 중입니다. 좀 시끄럽긴 하지만 위험하진 않습니다. 그냥 내버려두라는 상부 지시를 받았거든요."

소피는 자신이 황당한 작전을 시도하긴 했지만, 정작 황당하기 짝이 없는 사람은 경찰관이었다. 그래서 그는 서글픈 마음으로 성과도 없고 의미도 없는 짓을 그만둘 수밖에 없었다.

'경찰은 기어코 나를 체포하지 않을 작정이란 말인가?' 이제 그에게 섬은 도저히 도달할 수 없는 이상향인 것처럼 느껴졌다. 그는 차가운 바람 속에서 웃옷의 옷깃을 세웠다.

비단우산

그가 얼마를 걸어가다 보니, 담배 가게 안에서 말쑥하게 차려입은 한 사내가 벽에 매달린 점화기로 담배에 불을 붙이고 있었다. 그리고 그의 비단우산이 문간에 세워져 있었다. 소피는 안으로 들어가 그 우산을 냉큼 집어 들고 태연하게 걸어 나왔다. 사내는 담배에 불을 붙이다말고 급히 쫓아 나오면서 다그치듯 소리쳤다.

"여보쇼, 그건 내 우산이오!"

"허, 그래요?"

소피가 계속 걸어가면서 말을 이었다.

"내가 당신 우산을 훔쳤다는 거로군? 그렇다면 경찰관을 부르시지. 마침 저 모퉁이에 경찰관이 서 있네."

그러자 우산 주인은 갑자기 발걸음을 늦추었다. 소피는 왠지 또 행운이 달아나버릴 것 같은 불안감을 느끼면서 자신도 걸음을 늦추었다. 경찰관이 두 사람의 행동을 이상한 듯 바라보고 있었다.

"물론,"

하고 우산 주인이 말했다.

"이런 실수는 흔히 있는 일이지요. 실은 오늘 아침에 어느 식당에서 주운 건데, 뭐 선생 거라면 선생께서 가져가도…"

"물론 내 것이오!"

소피는 어이가 없어서 신경질적으로 소리를 꽥 질렀다. 그러자 우산 주인은 두말 않고 물러가 버렸다. 경찰관도 저만치 앞에서 늘씬한 금발머리 여인이 전차가 오는 것도 모르고 길을 건너려 하자 그녀를 도와주려고 얼른 달려가 버렸다.

소피는 도로공사를 하느라 마구 파헤쳐진 길을 지나쳐 동쪽을 향해 걸어갔다. 그는 화가 나서 우산을 공사장 구덩이 속에 던져 버렸다. 그리고 모자를 쓴 경찰관들을 향해 마구 욕을 퍼부었다. 이쪽에서는 저들의 손에 잡히길 바라는데, 저들은 오히려 그가 무슨 짓을 해도 죄가 되지 않는 양 계속 방치하고 있었기 때문이다.

소피의 운명

마침내 소피는 거리의 불빛도 소음도 멀어진 동쪽 큰길로 나왔다. 그리고 거기서 자기도 모르게 메디슨스퀘어 쪽으로 얼굴을 돌렸다. 그곳이 설령 공원벤치라 할지라도 동물적 귀소본능이 작용했던 것이다.

그는 맥 빠진 걸음으로 터벅터벅 걸어서 적막한 길모퉁이에 이르자 발걸음을 우뚝 멈춰 섰다. 좀 색다르고 복잡한 건축양식의 마루지붕 교회가 눈에 들어왔기 때문이다. 짙은 보라색 유리창 너머로 은은한 불빛이 새어나오고 있었다. 차분하고 귀에 익은 음악소리가 들리는 것으로 보아 오르간 연주자가 이번 일요일 예배 때 연주할 찬송가를 연습하고 있는 것 같았다.

소피는 음악소리에 이끌려 소용돌이무늬로 된 철책 앞으로 바싹 다가갔다. 하늘에는 달빛이 밝았다. 자동차도 행인의 그림자도 보이지 않았다. 참새가 나지막이 졸린 소리로 처마 끝에서 짹짹거리고 있었다. 잠시 동안 이런 분위기는 시골 교회를 연상케 했다. 오르간 연주자가 연주하는 찬송가는 소피를 철책 앞에 못 박히듯 서있게 만들었다. 그 음악은 아직 어머니가 살아계시고, 장미꽃과 야망과 친구와 때 묻지 않은 마음이 살아있던 시절에 그도 즐겨 부르던 찬송가였기 때문이었다. 그러자 돌연 소피에게 세상을 순수하게 받아들여야 한다는 감정이 일면서, 그것이 오래된 교회의 감화력과 어우러져 그의 마음에 뜻하지 않은 커다란 변화가 일어났다. 그는 자기가 빠져들고 있는 악의 구렁텅이와 타락한 과거, 무가치한 욕망, 시들어버린 희망, 녹슬어버린 재능, 비열한 동기 등을 떠올리면서 몸서리를 쳤다. 그리고 다음 순간 그의 마음이 전율하듯 새로운 감정을 자아냈다. 그는 자신의 절망적인 운명과 다시 한 번 싸워야겠다는 충동을 느꼈다.

"내 자신을 악의 구렁텅이에서 끌어올려야 한다. 다시 한 번 일어나서 참된 인간이 되자! 내게 들러붙은 악과 게으름을 떨쳐버려야 한다. 아직 늦지 않았다. 나에겐 아직 기회가 있다. 지난날의 진지했던 포부를 되살려 두려워하지 말고 앞으로 나아가자!"

엄숙하면서도 아름다운 오르간 곡조가 그의 마음에 혁신을 일으킨 것이다.

"내일은 번화가에 나가서 일자리를 구해봐야겠어. 언젠가 모피 수입 상인이 내게 운전사 자리를 권한 적이 있잖아. 내일 그 사람을 만나서 일자리를 부탁해 보자. 나도 얼마든지 쓸모 있는 인간이 될 수 있다!…"

그런데 바로 그 순간, 누군가가 소피의 팔을 잡아당겼다. 그가 얼른 돌아보니 경찰관의 커다란 몸체가 코앞에 서 있었다.

"당신 여기서 뭘 하는 거요?"

경찰관이 물었다.

"아무 짓도 안 합니다."

소피가 대답했다.

"어째든 따라오시오!"

경찰관이 말했다.

그리고 이튿날 아침, 경범 재판소에서 치안판사는 소피에게 이렇게 선고했다.

"금고 3개월!"

이제 블랙웰즈 섬(형무소)은 그에게 혹독한 겨울을 날 최상의 수단이 아니라, 되살아난 개심의 진위를 시험할 운명의 무대였다.

인생은 무한한 모순으로 가득하다. 그러나 이상하게도 그 모순들은 진실이므로
그럴싸하게 보여야 할 필요까지는 없다.

- O. 헨리 -

제9화

원칙과 우정 사이

원제
After Twenty years

철물점 문간의 사나이

순찰 중인 경관이 거리를 으스대며 걸어갔다. 그가 으스대는 것은 버릇이지 과시하기 위한 것은 아니었다.

시간은 겨우 밤 9시 30분밖에 안 되었지만, 비를 머금은 차가운 바람이 불고 있어서 거리에는 사람들이 많지 않았다. 경찰관은 여러 가지 복잡하고 교묘한 솜씨로 경찰봉을 빙빙 돌리기도 하고, 이따금 고개를 돌려 거리 여기저기를 살펴보았다.

경계의 시선으로 거리의 평안과 집집마다의 문단속을 살펴 나가고 있는 이 다부진 체격에 약간 뽐내는 듯한 경관의 모습은 평화의 수호자 그 자체였다.

그가 지금 걷고 있는 이 지역은 주민들이 일찍 자고 일찍 일어나는 구역이었다. 그래서 이따금 담배 가게나 철야 영업을 하는 간이식당의 불빛만 보일 뿐 대부분의 상점이나 사무실 건물은 문을 닫은 상태였다.

그런 지역의 중간쯤 왔을 때, 경관은 갑자기 걸음의 속도를 늦추었다. 컴컴한 철물점 문간에 웬 남자가 서 있었기 때문이었다. 그는 불을 붙이지 않은 엽궐련을 입에 물고 있었고, 경관이 다가오자 먼저 말을 건넸다.

"염려 마십쇼. 난 친구를 기다리고 있는 중입니다."

하고 그는 경관을 안심시키듯 말했다.

"친구와는 20년 전에 약속을 했어요. 뭐 좀 이상하게 들릴지 모르지만 사실입니다."

경관이 더 가까이 다가가자 사내는 계속 말을 이었다.

"사실이란 걸 확인하고 싶다면 얘기해 드릴 수도 있어요… 그러니까 20년 전 일입니다. 지금 이 철물점이 있는 자리에는 식당이 있었죠. '빅 조 브래디식당'이었어요."

"그 식당은 5년 전 까지도 있었소."

이번에는 경관이 말했다.

철물점 문간에 서 있던 남자는 성냥을 그어 엽궐련에 불을 붙였다. 성냥불 불빛과 희미한 가로등 불빛에 드러난 사내의 얼굴은 창백하고 턱이 모난 모습이었다. 그리고 언뜻 보기에 날카로운 눈매

와 오른쪽 눈썹 가까이에 갈색 상처 자국이 보였으며, 큼직한 다이아몬드 형 넥타이핀을 착용하고 있었다.

두 친구의 약속

"20년 전 오늘밤입니다."

사내는 말을 이었다.

"나는 이 '빅 조 브래디 식당'에서 지미 웰즈와 식사를 했지요. 지미는 나하고 제일 친한 친구였고, 이 세상에서 제일 좋은 놈이었어요. 지미와 나는 여기 뉴욕에서 마치 형제처럼 함께 자랐죠. 내가 열여덟 살이고 지미는 스무 살이었습니다. 우리는 함께 식사를 하고, 그 이튿날 나는 한번 성공해 보겠다고 서부로 가게 되었습니다. 지미와 함께 가고 싶었지만 그 친구를 뉴욕에서 끌어낸다는 건 도저히 불가능한 일이었어요. 지미란 놈은 여기 뉴욕만이 인간이 사는 제일 좋은 곳인 줄 알고 있었거든요. 그래서 우린 그날 밤 약속을 했죠. 나중에 설령 어떤 처지가 되더라도, 또 아무리 멀리서 달려와야 한다 하더라도 꼭 20년 후 이날 이 시간 여기에서 다시 만나자고 말입니다. 20년 후면 어떤 형태로든 우리 각자의 길이 정해져 있을 거고, 노력 여하에 따라 성공을 했을 수도 있을 테니까요."

"그거 참 재미있는 약속이로군요. 하지만 다시 만나는 기간 치고는 너무 길었던 것 아닙니까? 중간에 그 친구와 연락은 있었나요?"

경관이 호기심을 발동하며 물었다.

"있었죠. 한참 동안은 서로 편지를 주고받았습니다. 하지만 1~2년이 지나면서 서로 뜸해지다가 그만 소식이 끊어지고 말았습니다. 아시다시피 서부라는 곳은 엄청나게 넓은 곳이거든요. 게다가 난 꽤 분주하게 여기저기 뛰어다녔어요. 어쨌든 지미는 살아 있다면 반드시 나를 만나러 여기 올 겁니다. 그 친구는 더없이 성실하고 의리가 굳은 녀석이었으니까요. 나를 결코 잊지 않을 겁니다. 난 오늘 이 시간에 여기 오려고 천 마일을 달려 왔습니다. 지미가 나타나주기만 한다면 멀리서 달려온 보람이 있는 거죠."

그러면서 사내는 호주머니에서 꽤 훌륭해 보이는 회중시계를 꺼냈는데, 그 뚜껑에는 자잘한 다이아몬드가 박혀 있었다.

"9시 50분이군!"

하고 사내가 말했다.

"우리가 이곳 식당에서 헤어진 시간이 꼭 10시였습니다."

"댁은 서부에 가서 성공을 했나 봅니다."

하고 경관이 물었다.

"돈을 좀 벌었죠. 지미가 내 절반만이라도 벌었으면 좋겠습니다. 그 친군 사람은 좋지만 뭐든지 정확히 지키는 원칙적인 녀석이라서… 난 서부에 가서 재산을 모으느라 아주 거친 놈들과 겨루어야 했습니다. 뉴욕에선 사람들이 판에 박은 생활을 하지만 서부는 사람을 거칠고 날카롭게 만듭니다."

이제 경관은 사내의 과거 얘기를 더 듣고 있을 시간이 없다는 듯 경찰봉을 빙빙 돌면서 물었다.

"친구를 꼭 10까지만 기다릴 건가요?"

"아, 아닙니다. 적어도 10시 30분까지는 기다려야죠. 그게 친구의 도리 아니겠어요?"

"댁의 친구가 꼭 나와 주길 바랍니다."

경관이 사내의 곁을 떠나면서 말했다. 그리고는 으스대는 걸음으로 경찰봉을 빙빙 돌리면서 순회 구역을 걸어갔다.

해후

어느새 가늘고 차가운 이슬비가 내리고 있었으며, 가끔 불규칙하게 불던 바람은 센찬 강풍으로 바뀌고 있었다. 그 구역을 지나가는 몇 안 되는 통행인들은 옷깃을 세우고 주머니에 두 손을 찌른 채 총총 걸음으로 걸어갔다. 그리고 철물점 문간에 서있는 새내는 여전히 젊었을 때의 친구를 만나기 위해 엽궐련을 피우며 기다리고 있었다.

그가 한 20분쯤 기다렸을 때였다. 긴 외투를 입고 깃을 귀까지 바싹 세운 훤칠한 키의 사내 하나가 맞은편에서 바쁘게 길을 건너왔다. 그는 곧장 철물점 앞에서 기다리고 있는 사나이 앞으로 다가갔다.

"봅?…"

하고 그는 의심스러운 듯이 물었다.

"지미?"

문간에 서있던 사나이가 소리쳤다.

"야아, 이게 얼마만인가?"

방금 온 사나이가 상대방의 두 손을 쥐면서 소리쳤다.

"자네 틀림없는 봅이지? 난 자네가 꼭 올 줄 알았어. 이거 정말 반갑다. 20년이면 강산이 두 번 바뀌는 시간인데… 그런데 여기 옛날 그 식당은 없어져 버렸네. 그 식당이 아직 있었으면 좋았을 텐데… 그건 그렇고 서부 생활은 어땠나?"

"아주 근사했지. 갖고 싶은 건 뭐든지 손에 들어왔거든. 근데 지미, 자넨 무척 변했구나. 이렇게 키가 더 클 줄은 몰랐는데?…"

"응, 나도 스무 살이 넘어서까지 키가 더 클 줄은 몰랐어."

"자네 뉴욕 생활은 어땠나? 돈은 좀 벌었어?"

이번엔 서부에서 온 사나이가 좀 흥분된 투로 물었다.

"돈?… 그저 그래. 시청에 근무하는데 공무원이 뭔 돈을 벌겠어. 자, 가세 봄. 내가 잘 가는 집에 가서 오랜만에 실컷 회포나 풀자구!"

두 사나이는 금방 옛 정서를 되찾은 듯 서로 팔짱을 끼고 나란히 비오는 거리를 걸어가기 시작했다.

걸어가면서 서부에서 온 사나이는 자신의 대략적인 성공이야기를 뉴욕 친구에게 들려주었다. 그러자 뉴욕 친구는 외투 깃을 한껏 올리고 흥미 있는 듯 서부에서 온 친구의 이야기에 귀를 기울였다.

쪽지

길모퉁이에는 전등불이 훤하게 빛나고 있는 약국이 있었다. 이 눈부신 불빛 속으로 들어갔을 때, 두 사람은 동시에 서로의 얼굴을 쳐다보았다. 그리고 서부에서 온 사나이가 갑자기 걸음을 멈추더니 친구와의 팔짱을 풀었다.

"자넨 지미 웰즈가 아니잖아!"

서부에서 온 사나이는 놀란 표정으로 말했다.

"아무리 20년 세월이지만, 매부리코를 가진 사람이 경단코를 가진 사람으로 변할 수는 없어!"

"아닐세! 20년 세월이 때로는 착한 사람을 악한 사람으로 바꾸어 놓기도 하지."

그러면서 키 큰 사나이가 말을 이었다.

"이봐, 실키 봅! 당신은 이미 10분 전에 체포되었어. 시카고 경찰에서 당신이 이쪽으로 갔을 거라는 정보를 알려왔네. 그리고 난 동료 경찰관으로부터 당신한테 전해주라는 쪽지를 건네받았지. 자, 경찰서까지 얌전하게 따라가는 게 좋을 거야. 아니, 경찰서까지 가기 전에 당신한테 전해주라는 쪽지를 줄 테니 여기 이 진열창 앞에서 읽어보게!"

서부에서 온 사나이는 약국 진열창 불빛 아래에서 키 큰 사내가 건네주는 쪽지를 폈다. 그리고 그가 쪽지를 다 읽었을 무렵, 그의 손은 약간 떨리고 있었다. 쪽지의 내용은 이러한 것이었다.

ː

"봅, 나는 제 시간에 약속 장소에 나갔었네. 자네가 엽궐련에 불을 붙이려고 성냥불을 켰을 때, 나는 자네의 얼굴이 시카고 경찰에서 수배 중인 범인의 얼굴이라는 것을 알았네. 하지만 아무래도 내 손으로 직접 자네를 체포할 수는 없었네. 그래서 경찰서로 돌아와 동료 형사를 자네한테 보낸 것일세. 나는 원칙에 따라 법을 집행해야 하는 경찰관일세. 미안하네. -지미 웰즈-"

모든 사람은 좋건 나쁘건 간에 자기 운명의 창조자이다.

- O. 헨리 -

O. 헨리 작품 전체를 관통하는 정서 3 — 페이소스

페이소스(Pathos)는 동정과 연민의 감정, 또는 애상감(哀傷感), 비애감(悲哀感)을 뜻하는 그리스어 파토스의 영어식 표현이다.
이는 어떤 시대나 지역, 집단을 지배하는 이념적 원칙이나 도덕적 규범을 지칭하는 에토스(ethos)와 대립되는 말로, 어떤 사안 또는 상황에 대하여 청중이나 독자의 감성에 호소하는 것을 말한다. 머리로 판단하여 이해하도록 하기 보다는 마음으로 느끼어 감동하도록 하는 기교인데, 일방적인 감정 전달은 아니고 합리적 근거를 지닌 타당성 있는 상황, 스토리, 은유 등이 뒷받침 되어야 한다.

수사학, 문학, 연극, 영화 등에서 효과적인 의사소통을 위하여 주로 사용했던 기교 중 하나로, 특히 문학 작품에서 그 표현과 상황 전개가 강한 정서적 호소력을 지니고 있을 때 우리는 '페이소스가 강하다'는 표현을 쓴다. 오늘날에 와서는 타당성 있는 정서적 애상감 외에 지속적인 열정이나 정념도 페이소스의 범주에 넣는다.

페이소스를 유발하는 요인은 다양하며, 찰스 디킨스나 에드거 앨런 포, 워즈워드 등이 자신의 작품에서 인간의 페이소스 감정을 잘 활용했다. 우리나라의 경우 주로 1920년대 초 3·1운동 실패 후 허무주의 작가나 낭만주의 작가들이 쓴 작품에서 이러한 경향이 두드러진다.

제10화

현자의 선물

원제
The Gift of the Magi

델라와 짐

　1 달러 87 센트, 이것이 가진 돈의 전부였다. 그나마 이 중 67 센트는 잔돈인데, 이 잔돈은 물건 값을 악착같이 깎아 깍쟁이라는 핀잔을 듣고 얼굴이 빨개지면서까지 식료품상이라든가, 채소 장수라든가, 푸줏간 종업원들과 시비를 해서 한두 푼씩 모은 것이다.

　델라는 이 돈을 세 차례나 세어 보았다. 하지만 아무리 세어 봐도 돈은 1 달러 87 센트 그대로였다. 돈은 고작 1 달러 87 센트밖에 없는데 내일은 크리스마스가 아닌가?…

　델라는 별 수 없이 낡고 조그만 침대에 엎어져서 넋두리나 하는 수밖에 없었다. 그녀는 침대에 엎드려 넋두리를 하기 시작했다. 이렇게 한 동안 넋두리를 하다보면 '인생이란 눈물과 훌쩍거림과 쓴웃음으로 이루어진 것'이라는 생각이 들곤 하는데, 그 중에서도

'훌쩍거림'이 제일 비중이 높다는 생각이 들었다.

 이 가난한 젊은 여인의 넋두리가 차츰 훌쩍거림으로 변해 가는 동안에, 그녀의 가정을 한번 들여다보기로 하자. 가구가 딸려 있는 이 연립주택의 집세는 일주일에 8 달러이다. 찢어지게 가난한 것은 아니지만 떠돌이들을 단속하는 경찰관이 한번쯤 수색해 보고 싶은 충동을 느끼는 그런 살림살이였다. 그리고 아래층 현관에는 아무래도 편지가 들어갈 것 같지 않은 빈 우편함과, 손가락으로 한참을 눌러도 소리가 날 것 같지 않는 초인종이 달려 있다. 그밖에 그곳에는 '제임스 딜링햄 영'이라고 새겨진 명함이 붙어 있다. '딜링햄'이라는 이름은 일찍이 살림형편이 좋았던 시절에는 산들바람에 반짝반짝 빛나던 것으로, 그 당시 그는 주급 30 달러의 수입이 있었다. 그런데 지금은 그 수입이 20 달러로 줄어들면서 '딜링햄'이라는 이름은 희미해졌고, 마치 글자 자체가 겸손하게 남의 눈에 잘 띄지 않는 D자 하나로 축소되려고 진지하게 고민하고 있는 것처럼 보였다.
 하지만 제임스 딜링햄 영 씨는 비록 주급 20 달러짜리 남편일지라도 집에 돌아와 2층으로 올라오면, 늘 그를 '짐'이라고 부르는 아내(이미 독자 여러분들께 '델라'라 라고 소개한) 그 아내의 뜨거운 포응을 받는다. 어쨌든 이건 딜링햄에게 있어 축복임에는 틀림없다.

20 달러

델라는 울음을 그치고 분첩으로 뺨을 두드렸다. 그녀는 창가에 서서 뒤뜰의 잿빛 담 위를 걸어가는 고양이를 바라보았다. 내일이 크리스마스인데 짐의 선물을 살 수 있는 돈은 겨우 1 달러 87 센트밖에 없다. 그나마 몇 달을 두고 한 푼 두 푼 모아 온 것으로, 주급 20 달러로는 어쩔 도리가 없다. 지출은 늘 그녀가 생각한 범위를 넘어섰다. 그녀는 남편을 위해 무언가 근사한 것을 선물하기 위해 계획을 세우면서 꽤 오랜 동안 행복감에 젖어있었다. 무엇인가 귀하고, 짐이 가지고 있으면 진정으로 영광스러울만한 그런 가치 있는 물건을 그녀는 사고 싶었다.

방 안의 창문과 창문 사이에는 거울이 있었다. 집세 8 달러짜리 연립주택에서 흔히 볼 수 있는 그런 거울이었다. 몹시 야위고 민첩한 사람이라면 세로로 길쭉한 거울에 자기의 모습을 재빨리 비춰보고 꽤 정확히 자기의 용모를 헤아릴 수 있을 것이다. 델라는 야윈 편이었기 때문에 그렇게 하는데 익숙해 있었다.

그녀는 갑자기 창문에서 물러서서 거울 앞에 섰다. 그리고 잠시 동안 그대로 꼼짝 않고 서 있다가 이윽고 머리채를 풀어 어깨위로 한껏 길게 늘어뜨렸다.

제임스 딜링햄 부부에게는 대단한 자랑거리가 두 가지 있었다. 하나는 짐이 할아버지 대(代)로부터 물려받은 금시계였고, 다른 하나는 델라의 긴 금발머리였다. 만일 솔로몬 왕이 아파트 지하실에 보물을 산더미처럼 쌓아놓고 있어, 그것을 관리하기 위해 지나칠 때마다 짐이 자기의 금시계를 꺼내는 것을 본다면 그것이 탐이 나서 자꾸만 턱수염을 쓰다듬었을 것이다. 그리고 또 시바의 여왕이 옆집 아파트에 살고 있어, 델라가 늘 창문 밖으로 긴 머리채를 늘어뜨려 말리고 있는 것을 본다면 그녀의 보석과 타고난 미모도 무색해 졌을 것이다.

지금 거울 앞에 서 있는 델라의 그처럼 아름다운 머리채는 그녀의 어깨위로 멋지게 늘어져서 마치 황금 폭포가 물결치듯 빛나고 있었다. 거의 무릎까지 늘어진 머리채는 마치 그녀의 긴 드레스라도 되는 양 아름다웠다. 하지만 그녀는 단호하고 재빠르게 다시 머리채를 말아 올렸다. 잠시 멍하니 서 있던 그녀의 눈에는 마침내 눈물이 맺혔고, 그 눈물이 낡고 붉은 카펫 위에 한 방울 두 방울 떨어졌다.

델라는 낡은 갈색 재킷을 걸치고, 허름한 밤색 모자를 썼다. 그리고는 스커트자락을 펄럭이며 눈에는 아직도 눈물을 머금은 채 총총히 방을 나와 층계를 내려가 거리로 나섰다.

그녀가 걸음을 멈춘 곳에는 '마담 소프로니 미용 상점, 머리장식품 일체'라는 간판이 걸려 있었다.

단숨에 상점 계단을 뛰어 올라간 델라는 숨을 몰아쉬면서 마음을 가라앉혔다. 마담은 소프로니라는 이름과는 어울리지 않게 체구가 당당하고 지나치게 살갗이 희며, 쌀쌀맞게 생긴 여자였다.

델라가 입을 열었다.

"제 머리 사시겠어요?"

"사지요."

마담이 대답했다.

"모자를 벗고, 머리를 풀어서 보여 줘 봐요."

그녀가 모자를 벗고, 머리를 풀자 황금색 폭포가 물결치듯 흘러내렸다.

"20 달러 드리지."

마담은 익숙한 솜씨로 머리채를 잡아 올리면서 말했다.

"빨리 계산해 주세요."

델라가 말했다.

사랑과 긍휼

　델라에게 있어 그 후 두 시간은 즐거운 비명의 시간이었다. 그녀는 짐의 선물을 사기위해 여기저기 상점들을 바쁘게 돌아다녔다. 그녀는 거의 두 시간 동안 시장 통의 상점이란 상점은 모조리 뒤지고 다녔다. 그러다가 마침내 마음에 드는 선물을 발견했다. 그것은 짐에게 안성맞춤일 것 같은 그런 것이었다. 그 물건은 다른 누구를 위해 만들어진 것이 아니라 바로 짐을 위한 것이었으며, 또한 어느 상점에도 없는 것이었다. 그것은 백금으로 된 시곗줄이었는데, 지저분한 장식 없이 아주 품위 있어 보였다. 게다가 실용적이고 상당한 가치를 지니고 있는 것으로, 남편의 시계에 더없이 잘 어울리는 좋은 물건이었다. 고요함과 가치, 이 표현은 짐과 시계줄 모두를 설명하기에 적합한 단어였다.

　그녀는 시계줄 대금으로 21 달러를 치르고 나서 나머지 87 센트를 가지고 집을 향해 걸음을 서둘렀다. 이 시계줄을 달면 짐은 어느 누구 앞에서도 당당하게 시계를 꺼내 시간을 볼 수 있을 것이다. 지금껏, 시계는 훌륭했지만 그것이 낡은 가죽 줄에 매어 있었기 때문에 짐은 남들 앞에서 몰래 시계를 꺼내 보곤 했었다.

　집에 돌아오자 델라의 황홀했던 기분은 일단 어느 정도의 분별

력과 이성을 되찾았다. 그녀는 머리 고데기를 꺼내어 가스 불에 불을 붙이고, 사랑과 궁휼 때문에 엉망이 되어버린 머리를 손질하기 시작했다. 40분이 채 못 되어 그녀의 머리는 짧은 곱슬머리로 바뀜으로써, 마치 장난꾸러기 초등학생처럼 보였다. 그녀는 거울에 비춰진 자신의 모습을 오랫동안 자세히 살펴보았다.

"짐이 나를 못살게 굴지만 않는다면…"

하고, 그녀는 혼자 중얼거렸다.

"나를 보자마자 짐은 내가 코니아일랜드 합창단의 소녀 같다고 할 거야. 하지만 하는 수 없지. 1 달러 87 센트로는 아무것도 할 수가 없는 걸 어떡해."

7시가 되자 그녀는 커피를 끓이고, 난롯불에다 프라이팬을 달구어 음식 만들 준비를 했다.

짐은 귀가 시간이 늦는 일이 없었다. 델라는 시계줄을 반으로 접어 손에 쥐고 짐이 들어올 문 가까이의 테이블 앞에 앉았다. 그러자 아래층의 층계를 올라오는 발소리가 들려왔다. 그녀는 극히 사소한 일에도 날마다 속으로 기도를 하는 버릇이 있었는데, 지금도 기도를 하며 중얼거렸다.

"하나님, 부디 짐이 언제나 절 예쁘게 봐주도록 해주세요!"

문이 열리고 짐이 들어왔다. 짐은 창백하고 몹시 굳은 표정을 하고 있었다. 초라한 행색의 그에게는 새 외투가 필요했고, 장갑도 필요했다.

문 안에 들어선 짐은 마치 까투리 냄새를 맡은 사냥개처럼 우뚝 멈춰 섰다. 그의 시선이 델라에게 가서 멎었다. 그 시선 속에는 그녀가 헤아릴 수 없는 복잡한 무엇인가가 있었다. 그것이 그녀의 가슴을 철렁하게 했다. 그것은 노여움이나 놀라움이나 불만이나 공포 따위가 아니었다. 그것은 그녀가 표현할 수 있는 어떤 감정도 아니었다. 그는 표현하기 어려운 독특한 표정으로 잠자코 그녀를 바라볼 뿐이었다.

델라는 테이블 앞에서 몸을 일으켜 그에게로 다가갔다.

"짐!"

그녀가 말했다.

"그런 눈으로 절 보지 마세요. 저는 다만 당신에게 크리스마스 선물을 주고 싶었을 뿐이에요. 머리카락은 곧 다시 자라날 테니까 괜찮아요. 제 머리카락은 아주 빨리 자라요. 짐, 어서 '크리스마스 축하해!'라고 말해 줘요. 그리고 유쾌한 성탄절을 보내요. 당신에게 딱 좋은 예쁘고 근사한 선물을 준비했어요!"

"오, 델라! 당신 정말 머리카락을 자른 거야?"

짐은 아무리 생각을 해 봐도 이 엄연한 사실을 믿을 수 없다는 듯 괴로운 표정으로 물었다.

"네, 하지만 머리는 곧 자라요."

델라가 짐을 달래기라도 하듯 말을 이었다.

"그리고 저를 사랑하는 당신의 마음은 전과 다름이 없잖아요. 머리카락이 없어도 델라는 그대로 델라예요."

짐은 델라의 말에는 아랑곳 않고, 뭔가를 더 알아내려는 듯한 눈초리로 방안을 둘러보았다.

"정말로 당신 금발머리가 없어졌단 말이지?"

"팔았다고 했잖아요. 오늘은 크리스마스예요. 다정하게 대해 주세요. 머리카락은 당신을 위해서 팔았어요. 그게 당신을 향한 제 마음이에요."

델라는 마음의 평안을 찾은 듯 침착하게 짐에게 말했다.

"저녁을 차릴까요?"

그러자 짐은 문득 정신이 번쩍 드는 것 같았다. 그는 델라를 와락 껴안았다.

진정한 현자

이제 10초 동안 우리는 다른 방향에서, 이것과는 관계없는 어떤 문제를 신중히 검토해 보기로 하자. 한 주일에 8 달러와 일 년에 100만 달러—여기에는 어떤 차이가 있을까?⋯ 어떤 수학자나 현자라도 여기에 대해서는 명쾌한 답을 내놓지 못할 것이다. 현자인 동방박사는 많은 값진 선물을 가지고 왔지만, 그 선물 가운데도 이 문제에 대한 해답은 없다. 그러나 이 불분명한 문제의 답은 언젠가는 나올 것이다.

짐은 낡은 외투 주머니에서 조그만 꾸러미 하나를 꺼내 테이블 위에 올려놓았다.

"델라, 나를 오해하지 말아 줘."

그러면서 그가 말을 이었다.

"머리카락을 잘라 버려도, 아니 면도를 해버린다 해도 그런 게 당신을 향한 내 사랑을 줄일 수는 없어. 그렇지만 저 꾸러미를 펼쳐 보면 내가 왜 그렇게 어리둥절해 했는지 당신도 알게 될 거야."

델라의 흰 손가락이 재빠르게 포장지의 끈을 풀었다. 그러자 기뻐 어쩔 줄 모르는 탄성이 터져 나왔다. 그리고는 곧이어 가엾은 여자의 울음이 터져 방안은 온통 눈물바다로 변했다. 그 울음이 오랫동안 멈추질 않아 급기야 짐은 있는 힘을 다해 그녀를 위로해야만 했다.

　그들의 눈앞에는 장식용 머리빗이 놓여 있었던 것이다.

　델라가 오래 전부터 브로드웨이의 진열장에 놓여 있는 걸 갖고 싶어 하던, 옆머리와 뒷머리에 꽂을 수 있게 된 빗 세트였다. 진짜 바다거북 껍질로 만든, 가장자리에 예쁜 보석이 박힌 아름다운 빗 세트였으며, 지금은 사라져 버린 그녀의 아름다운 금발 머리에 꽂으면 너무나 잘 어울릴 것 같은 장식용 빗이었다.

　그녀는 그것이 꽤 비싼 머리빗이라는 걸 잘 알고 있었다. 그래서 그것을 가져 볼 엄두도 못 내고 그저 속으로만 안타깝게 바라보곤 했었다. 그런데 지금 막상 그 빗을 갖게 되자, 이번에는 그 물건에 영광을 안겨 주어야 할 머리카락이 사라져 버린 것이다.

　델라는 머리빗을 가슴에 꼭 끌어않았다. 그리고는 마침내 고개를 들어 꿈에 잠긴 듯 눈에 희미한 웃음을 띠며 말했다.

　"짐! 제 머리카락은 무척 빨리 자라요."

　그러면서 그녀는 털을 그을린 조그만 고양이처럼 벌떡 일어나서 말했다.

　"아~아, 고마워요 짐!"

그러나 이 아이러니한 상황에서 짐은 아직 자기의 근사한 선물을 보지 못하고 있었다. 델라는 갑자기 짐에게 줄 선물을 손바닥 위에 올려서 그에게 쑥 내보였다. 그 희끄무레한 귀금속은 그녀의 맑고 강열한 영혼의 반사를 받아 더욱 빛나보였다.

"어때요, 근사하죠? 이걸 구하느라고 거리를 하루 종일 쏘다녔어요. 이제 이걸 달면 당신은 하루에 백번도 넘게 시계가 보고 싶어질 거예요. 당신 시계 이리 주세요. 얼마나 근사한지 보고 싶어요!"

그러나 짐은 시계를 꺼내는 대신 긴 의자에 벌렁 드러누우면서 빙긋 웃었다. 그리고는 말했다.

⋮

"델라! 우리 서로 크리스마스 선물은 잠시 간직해 두기로 하지. 그 시계줄은 지금 당장 쓰기에는 너무 고급이야. …실은 당신 머리빗을 사기 위해 그 시계를 팔아 버렸거든! 자, 이제 배고픈데 어서 저녁이나 먹자구."

누구나 다 알다시피 동방박사 세 사람은 현명한 사람들이었다. 그들은 마구간에서 태어난 갓난아기가 평범한 아기가 아니라는 것을 미리 알고 선물을 들고 온, 놀랍도록 현명한 예지자들이었다. 그 사람들이 맨 처음 성탄절 날 선물하는 아이디어를 생각해 낸 사람들이다. 그들은 현자였으므로 선물 또한 현명하게 선택했으며, 아마도 잘못 선택했을 때는 바꿀 수 있는 여지도 열어 두었을 것이다.

그런데 여기서 나는, 자신들의 가장 소중한 보물을 서로를 위해서 가장 현명하지 않은 방법으로 희생해 버린, 이 두 어리석고 유치한 사람들의 별로 신통치도 않은 이야기를 불충분하게나마 늘어놓았다.

그러나 마지막으로 한마디 한다면, 오늘날 스스로 현명하다고 자부하는 많은 사람들이 서로 선물을 주고받는데, 그들의 선물에 비하면 이 두 사람의 선택이야말로 가장 현명한 선택이었다고 말할 수 있다. 동방박사에 이어 이들도 현자였던 것이다.

인생의 가장 큰 어려움은 선택이다.
- O. 헨리 -

제11화

마지막 걸작

원제
The Last Leaf

그리니치빌리지 6번가

워싱턴광장 서쪽의 한 지역은 길이 이리저리 어지럽게 나 있어, 그 곳은 다시 여러 개의 작은 구역으로 나뉜다. 그리고 구역은 이상한 각도나 커브를 이루면서 복잡하게 얽혀 있어서 어떤 곳은 골목길이 두 번 교차하는 곳도 있다.

일찍이 한 화가가 이 지역에서 재미있는 가능성을 발견했다. 물감과 종이와 캔버스 대금 청구서를 든 화방 수금원이 이 지역에 들어와서 길을 헤매다가 외상값 한 푼 받지 못하고 되돌아갔다는 얘기를 들은 때문이다. 그래서 가난한 화가들은 이 색다르고 예스러운 그리니치빌리지에 자리한 네덜란드 풍 박공지붕 다락방이나 싸구려 월세 방을 얻기 위해 이곳으로 찾아들곤 했다. 그리하여 그들은 하나 둘 백랍 컵과 탁상용 풍로를 들고 들어와 자리를 잡았고, 마침내 그리니치빌리지 6번가에 하나의 '예술인 마을'을 탄생시켰다.

조그만 3층 벽돌집 꼭대기에 수우와 존지의 화실이 있었다. 수디는 수우의 애칭이고, 존지는 조안너의 애칭이다. 존지는 캘리포니아가 고향이고 그녀의 동료 수디는 메인 주가 고향이었다. 두 아가씨는 8번가에 있는 '델모니코' 식당에서 식사를 하다가 만나, 예술에 있어서나 꽃상추 샐러드에 있어서나 주교 의상의 소매에 있어서나 취향이 일치한다는 것을 알고 두 사람의 공동 화실을 갖게 된 것이다.

불청객

매년 11월이 되면 의사들이 '폐렴'이라고 부르는 차갑고 눈에 보이지 않는 불청객이 여러 마을을 헤집고 다니면서 그의 얼음 같이 찬 손으로 사람들을 쓰다듬고 다녔다. 워싱턴광장 동편에서는 일찌감치 이 파괴자가 대담하게 으스대고 다니면서 몇 십 명 씩 희생자를 냈다. 그러나 광장 서편의 좁고 이끼 낀 지역의 복잡한 골목길에서는 조금 걸음이 느렸다. 하지만 아니나 다를까 폐렴 씨는 결코 기사도적인 노신사라고 부를 만한 것이 못 되었다. 기어코 그의 피 묻은 주먹과 거친 숨결이 캘리포니아의 부드러운 바람으로 가냘파진 어린 처녀를 덮쳤기 때문이다. 이 늙은 협잡꾼이 존지를 사냥감으로 삼은 것이다. 그래서 그녀는 페인트를 칠한 철제 침대에 누운 채 거의 꼼짝도 않고 조그만 네덜란드 풍 창 너머로 옆집의 텅 빈 벽돌 벽을 바라보고 있었다.

의지를 갖는 일

며칠 후, 바쁜 의사가 털이 숭숭한 반백의 눈썹을 움직여서 수우를 복도로 불러냈다.

"저 아가씨가 살아날 가망은… 글쎄?… 열에 하나야."

하고 그는 체온계를 뿌려 수은주를 내리면서 말했다.

"그것도 살려는 의지가 있어야만 가능하지. 지금처럼 그저 장의사 쪽으로 달려갈 마음가짐을 하고 있어서야 원! 그러면 처방이고 뭐고 다 바보 같은 짓이 되고 말아. 저 친구 이름이 존지라 했지? 존지는 아예 낫지 않는다고 마음먹고 있는 거 같아. 저 친구가 마음속에 간절히 바라는 특별한 뭔가가 없을까?"

"아, 있어요. 존지는 나폴리 만을 무척 그리고 싶어 했어요."

하고 수우가 대답했다.

"그림? 저 상태에서 그림을 그려?… 그런 거 말고 침대에 누워서도 뭔가 골똘히 생각할 만한 가치가 있는 게 없을까? 이를테면 남자친구 같은…"

"남자요?"

하고 수우는 정색을 하며 말했다.

"선생님, 쟤는 남자친구 같은 건 생각도 안 해요."

"그래?… 그렇담 그게 좋지 않은 점이로군!"

하고 의사는 말을 이었다.

"내가 의사로서 할 수 있는 일은 다 해보지. 하지만 환자가 자기 장례식 행렬의 자동차 수를 세기 시작하면, 내가 처방한 약의 약효도 별 소용이 없어. 그러니 아가씨가 잘 구슬려서 뭔가 의지를 갖도록 해봐. 하다못해 '내년에 유행할 여성용 겨울 외투의 소맷자락 디자인은 어떤 것일까?' 하는 생각을 하도록 하는 것도 좋아. 뭔가 의지를 갖는다면 열에 하나가 아니라 셋이나 다섯으로 바뀔 수도 있어."

담쟁이덩굴

의사가 돌아간 뒤 수우는 작업실로 들어가서 종이 티슈가 곤죽이 될 때까지 울었다. 그리고는 화판을 들고 휘파람으로 재즈를 불면서 힘차게 존지의 방으로 들어갔다. 존지는 아침에 덮어 준 이불에 구김 하나 없이 얼굴을 창문 쪽으로 돌린 채 꼼짝 않고 누워 있었다.

수우는 그녀가 잠들어 있는 것 같아 휘파람을 그쳤다. 그리고 화판을 세워 어떤 잡지 소설의 삽화로 쓸 그림을 그리기 시작했다. 이름없는 화가는 이름없는 작가가 문학에의 길을 개척하기 위해 쓰는 소설의 삽화를 그림으로써, 그를 격려하고 자신도 그가 쓴 소설에 고무되어 화가로서의 길을 개척해 나가야 한다.

수우가 '소설의 주인공이 말 품평회에 입고 나갈 멋있는 승마 바지와 외알 안경'을 그리고 있는데, 나지막한 소리가 몇 번이나 되풀이해서 들려왔다. 그녀는 얼른 침대 곁으로 갔다. 존지의 눈이 커다랗게 떠져 있었다. 그녀는 창밖을 바라보며 숫자를 거꾸로 세고 있었다.

'열둘!' 하고 그녀는 숫자를 세고는 조금 있다가 '열하나!', 이어서 '열!', '아홉!', '여덟!', '일곱!' 하고 멈추었다.

수우는 궁금해서 창밖을 내다보았다. 무엇을 세는 것일까?… 밖은 그저 살풍경한 안마당과 20피트 저편에 자리한 벽돌집의 텅 빈 벽면만 보일 뿐이었다. 그리고 줄기가 울퉁불퉁하게 옹이진 한 그루의 해묵은 담쟁이덩굴만이 벽돌벽 중간쯤까지 뻗어 올라가 있을 뿐이었다. 차가운 가을바람이 담쟁이덩굴의 잎사귀를 쳐서 떨어뜨리고 앙상한 가지가 오래된 벽돌 벽에 달라붙어 있었다.

"뭘 세고 있는 거니?"

하고 수우가 존지에게 물었다.

"여섯!"

하고 존지는 거의 속삭이듯이 말했다.

"이제 더 빨리 떨어지기 시작했어. 사흘 전에는 거의 백 장쯤 붙어 있었는데. 이제 남은 것은 다섯 장뿐이야!"

"뭐가 다섯 장뿐이라는 거야? 나는 아무것도 안 보이는데?…"

"잎사귀, 담쟁이덩굴 잎사귀! 마지막 남은 하나가 떨어질 때 나도 떨어지겠지. 열에 아홉은 죽어. 의사 선생님이 그렇게 말하시지 않던?… 난 가망이 없다는 걸 이미 알아."

"그런 바보 같은 소리 들은 적이 없어!"

수우는 몹시 화가 난 듯 큰 소리로 말했다.

"마른 담쟁이 잎사귀와 네 목숨이 무슨 관계가 있다고 그래? 의사 선생님은 말이야, 네가 수일 내에 완쾌 될 가망성은… 선생님이 말씀하신 그대로 말하지 '열에 열'이라고 말씀하셨어. 그건 네가 뉴욕 시내에서 전차를 탈 수 있는 확률이나 새로운 지은 건물 앞을 지나치게 될 확률과 같은 거야. 알겠어?… 바보 같은 소리 그만 하고 이제 수프나 좀 먹어봐. 니가 수프를 먹는 동안 내가 그림을 그려서 그걸 잡지사에 넘기면 돈이 생기고, 그러면 우린 니가 좋아하는 포도주와 내가 좋아하는 돼지고기를 사다가…"

"포도주는 이제 필요 없어."

하고 존지는 계속 창밖을 바라보며 말했다.

"또 하나가 떨어지는군, 이제 넉 장 뿐이야! 오늘 내로 다 떨어지겠지? 그러면 나도 죽는 거야."

"존지!"

수우는 존지에게 몸을 굽히며 말했다.

"내가 그림을 다 그릴 때까지 눈을 감고 창밖을 보지 않겠다고 약속해. 난 이 그림을 내일까지 넘겨줘야 한단 말이야. 잠을 자고 싶다면 커튼을 내려줄게."

"네 방에 가서 그리면 안 되겠니?"

하고 존지는 차갑게 물었다.

"난 네 옆에서 그리고 싶어!"

하고 수우가 대답했다.

"그리고 난 네가 쓸데없는 담쟁이 잎사귀를 쳐다보고 있는 게

싫어!"

"정 그렇다면 그림을 다 그리고 나면 나한테 알려 줘."

그러면서 존지는 눈을 감고 쓰러진 석고상처럼 창백하게 누워서 말을 이었다.

"난 이제 지쳤어. 생각하는 것도 지쳤고, 모든 것에 대한 집착에서 떠나 저 가엾은 나뭇잎처럼 아래로 아래로 떨어지고 싶어."

"잠을 좀 자도록 해봐."

하고 수우가 달래면서 말했다.

"나는 베어먼 할아버지를 불러다가, 은둔한 늙은 광부의 모델이 되어 달라고 부탁해야겠어. 곧 돌아올 테니까 내가 돌아올 때까지 잠을 청해봐."

베어먼 할아버지

베어먼 노인은 같은 집 1층에 살고 있는 화가였다. 나이는 60이 넘었고, 미켈란젤로가 그린 모세의 수염 같은 곱슬곱슬한 구레나룻을 기르고 있는 낙오한 예술가였다. 그는 40년 동안 그림을 그려왔지만, 예술의 여신의 치맛자락을 잡지 못했다. 그래서 전문적인 모델을 채용할 경제적 여유가 없는 이 마을 젊은 화가들의 모델이 되어 주고 조금씩 돈을 얻어 쓰고 있었다. 과하게 술을 마시는 날이면 어김없이 머지않아 걸작을 그릴 거라고 말하곤 했다. 몸집은 작지만 성격이 꼿꼿한 사람이었으며, 유약한 사람을 보면 사정없이 비웃고, 특히 3층에 사는 두 젊은 여성 예술가의 보호자를 자처하고 있었다.

수우가 내려가 보니 베어먼 할아버지는 아래층의 어둠침침한 골방에서 노간주나무 열매 냄새를 물씬 풍기며 앉아있었다. 한쪽 구석에는 이젤 위에 아무것도 그리지 않은 캔버스가 놓여 있었는데, 그렇게 구상만 한 걸작의 첫 획을 그는 25년 동안이나 기다려 온 것이다.

수우는 베어먼 할아버지에게 존지의 얘기를 한 다음, 존지는 정말 나뭇잎처럼 가볍고 연약해서 이 세상과 연결된 부분이 뚝 끊어져 날아가 버릴 것만 같다고 걱정을 토로했다.

그러자 베어먼 할아버지는 핏발이 선 눈에 눈물을 글썽거리면서 큰 소리로 비난을 퍼부었다.

"뭐라구?… 아니 그래, 썩어빠진 나무덩굴에서 잎이 다 떨어지면 저도 죽는다고 그런 얼빠진 소릴 하는 아가씨가 이 세상에 어딨어? 난 여태껏 60 평생을 살면서 그런 소릴 들어 본 적이 없어! 그렇다면 난 앞으로 그런 바보 멍청이 같은 아가씨의 모델 노릇은 안 할 거야. 그리고 너한테도 마찬가지야. 너는 어째서 존지가 그런 어처구니없는 생각을 하도록 내버려두느냐 말씀이야?”

"존지는 지금 몹시 쇠약해져 있어요.”

수우는 변병 하듯 말했다.

"그리고 열 때문에 정신력이 약해져서 죽음의 그림자를 뿌리치지 못하는 거라구요. 베어먼 할아버지, 제 모델이 되어 주기 싫다면 저도 필요 없어요. 전 할아버질 정말로 인정 없고 비난하기 좋아하는 할아버지라고 생각할 테니까요.”

"허허, 여자란 금방 이래서 탈이야!”

하고 베어먼 할아버지는 소리쳤다.

"누가 모델이 안 되어 준다고 그랬나? 가라구, 나도 뒤따라 갈 테니까. 난 벌써 반시간 전부터 언제라도 모델이 되어 주겠다고 말하려던 참이었어.”

베어먼 할아버지는 수우를 뒤따라가면서도 계속 중얼거렸다.

"허 참! 이 집은 존지 같은 착한 아가씨가 폐렴에 걸려 누워 있을 자리가 못 된다구. 나는 머잖아 걸작을 그릴 거야. 그러면 우리 모두 이 칙칙한 곳을 떠나 다른 데로 이사 가자구. 정말근사한 데로 옮길 거야. 그렇게 하자구!”

우정

　두 사람이 3층으로 올라와 보니 존지는 다행히 잠들어 있었다. 수우는 커튼을 창턱까지 끌어내린 다음 베어먼 할아버지에게 옆방으로 가자고 손짓했다.
　수우의 방으로 들어간 두 사람은 담쟁이덩굴을 확인하기 위해 겁먹은 듯이 창문 쪽으로 다가가 밖을 내다보았다. 그리고 잠시 서로 말없이 쳐다보았다. 밖에는 어느새 차가운 진눈깨비가 내리고 있었다.
　베어먼 할아버지는 수우를 위해, 낡은 푸른 셔츠를 입고 의자 대신 빈 냄비를 엎은 다음 그 위에 앉아 은둔한 늙은 광부의 자세가 되어 주었다.

　이튿날 아침 수우가 존지의 방으로 갔을 때, 존지는 흐릿한 눈을 크게 뜨고 내려진 녹색 커튼을 바라보고 있었다.
　"커튼을 올려줘. 담쟁이 잎이 어떻게 되었나 보고 싶어!"
　하고 존지는 힘없이 말했다.
　그것은 어떤 명령 같은 것이기도 했고, 애원 같은 것이기도 했다. 수우는 운명에 순종하듯 존지가 하라는 대로 했다.
　그런데 수우가 녹색 커튼을 올렸을 때, 간밤에 진눈개비 바람이 그렇게 휘몰아쳤는데도 벽에는 아직도 한 장의 담쟁이 잎이 늠름하게 남아 있었다. 그것은 담쟁이덩굴의 마지막 잎새였다. 잎의 줄기 부분은 아직도 진한 초록빛이었지만, 톱니 모양의 가장자리는 노란 조락의 빛을 띠고 있었다. 그것은 대견스럽게도 비바람의 고난을 이기고 갈색 가지에 그대로 매달려 있었다.

"아, 마지막 잎새구나!"

하고 존지는 떨리는 목소리로 말했다.

"간밤에 틀림없이 떨어질 줄 알았는데… 하지만 오늘은 떨어지고 말 거야. 그러면 나도 떨어지겠지."

"또 그 소리!"

하고 수우는 지친 투로 말을 이었다.

"난 이제 너에 대해 생각하고 싶지 않아. 네가 떠나면 난 어떡하라구? 내 생각도 좀 해줘!"

그러나 존지는 대답하지 않았다. 이 세상에서 가장 고독한 것은 혼자 먼 여행을 떠날 준비를 하고 있는 영혼이다. 우정 및 이 땅과 연결 해주는 끈이 하나하나 풀어짐에 따라 그 망상이 점점 더 억세게 그녀를 사로잡는 것 같았다.

수우는 더 이상 존지를 책망하지 않았다. 그것이 가냘픈 영혼을 위한 우정이라고 생각했기 때문이었다.

그렇게 하루해가 또 저물었다. 그러나 황혼녘 속에서도 그 외로운 담쟁이 잎은 덩굴에 붙어 있었고, 존지는 그것을 바라보았다. 그러다가 밤이 되자 드리워진 녹색 커튼 너머로 북풍이 다시 사납게 휘몰아치기 시작했고, 진눈개비는 여전히 창문을 두들겨 나직한 네덜란드 풍 처마 밑으로 뚜둑뚜둑 흘러 떨어졌다.

걸작

이윽고 날이 새자, 자기 방으로 온 수우에게 존지는 사정없이 커튼을 올리라고 명령했다. 수우가 그녀의 명령에 따라 커튼을 올렸을 때, 담쟁이 잎은 여전히 그 자리에 붙어 있었다. 존지는 꼼짝 않고 드러누워 오랫동안 그것을 바라보았다. 그러더니 가스 스토브 위에서 닭고기 수프를 젓고 있는 수우에게 말을 건넸다.

"난 나쁜 계집애였어, 수디."

하고 존지는 말했다.

"내가 얼마나 나쁜 계집애였는지 알려 주려고 저 마지막 잎새가 저 자리에 남아 있나 봐. 스스로 죽고 싶어 하다니 죄받을 일이야. 수디야, 그 수프 좀 갖다 줘. 아니, 손거울부터 먼저 갖다 줄래? 그리고 내 등에다 베개 좀 받쳐줘. 일어나 앉아서 니가 요리하는 걸 보고 싶어."

존지는 수우의 부축을 받아 몸을 반쯤 일으키고, 그녀가 수프 만드는 것을 지켜보더니 한참 후에 다시 말했다.

"수디야, 난 꼭 나폴리 만을 그리고 싶어."

오후가 되자 의사가 왕진을 왔다. 그리고 그가 진료를 마치고 돌아갈 때, 수우는 살그머니 의사 선생님의 뒤를 따라 나왔다.

"희망은 반반이야."

하고 의사 선생님은 수우의 떨고 있는 손을 잡으며 말했다.

"간호만 잘해 주면 당신이 승리자야. 자, 이제 난 아래층에 있는 환자를 보러 가야겠어. 베어먼인가 하는 그 양반 알고 봤더니 화가더군. 나이도 많고 몸도 약한 사람인데 갑자기 당했어. 나을 희망은 없지만 너무 위중해서 입원을 시켜야겠어. 어쨌든 최선을 다해 봐야지."

이튿날 조그만 3층 집을 다시 방문한 의사가 수우에게 말했다.

"이제 고비는 넘겼어. 앞으로는 영양 뒷바라지만 잘 하면 당신이 이기는 거야."

그리고 그 날 오후, 수우가 존지의 방으로 가보니 그녀는 반쯤 몸을 일으킨 채 뜨개질로 목도리를 짜고 있었다. 그 목도리는 아무짝에도 쓸모없는 그런 것이었다. 하지만 수우는 존지에게 다가가 그녀를 베개와 함께 와락 껴안으며 말했다.

⋮

"존지야, 너한테 할 얘기가 있어. 베어먼 할아버지가 오늘 병원에서 폐렴으로 돌아가셨어. 겨우 이틀 앓으셨는데 돌아가시다니 믿기지를 않아. 첫날 아침 관리인이 아래층에 있는 할아버지 방에 가봤더니 할아버지가 몹시 괴로워하고 계셨데. 신발과 옷은 흠뻑 젖어서 얼음처럼 차갑고, 날씨가 그렇게 험한 날 밤에 대체 어디를 다녀왔는지 온통 젖어 있더라는 거야. 아직도 불이 켜져 있는 각등과 사다리와 흩어진 화필과 물감이 풀려 있는 팔레트가 방안에 흩어져 있었데. 그리고 존지야, 바람이 세차게 부는 데도 조금도 흔들리지 않고 생생하게 남아 있는 담쟁이 잎사귀 하나, 그건 바로 베어먼 할아버지가 그린거래!"

위대한 진리는 인간 영혼의 한쪽이고, 위대한 영혼은 인간 진리의 한쪽이다.
- O. 헨리 -

O.헨리 작품 전체를 관통하는 정서 4 휴머니즘

휴머니즘(humanism)은 '인간다움을 존중하는 정신적 태도와 세계관', 즉 인본주의(人本主義)를 말하는데, '인간다운'을 뜻하는 라틴어 '후마니오르(humanior)'에서 파생된 말이다. 이와 관련하여 로마의 탁월한 철학자이자 정치가였던 키케로가 '후마니타스(humananitas=인간다움)'란 말을 처음 사용했고, 이것은 '문명인의 우아함'을 나타내는 말이었다. 그러다 15~16세기 유럽에서 신학(神學) 중심의 세계관에 반대하여 일어난 운동, 즉 교회의 권위 아래 질식되어가는 인간성을 회복시키고자 일어난 일련의 인간성 회복 운동을 가리켜 '휴머니즘 운동'이라 했고, 이때부터 휴머니즘이란 말이 널리 사용되기 시작했다.

처음에는 문학 분야에서 그리스.로마 고전을 연구함으로써, 인간다움을 높이고 새 시대의 이상적인 인간상(人間像)을 실현하려는 새로운 교육이념으로 휴머니즘 운동이 대두되었다. 그러다 17세기에 들어서면서 근대 과학의 합리적 정신과 결부되어 그 적용 범위가 더 넓어졌다. 특히 데카르트 같은 사람은 '인간 이상도 이하도 아닌 객관적인 인간의 입장'에서 진리를 탐구하려 했다. 신학자처럼 '은총의 빛'에 의해서가 아니라 '자연의 빛'에 의해 세계를 인식하려고 노력하였고, 수학적 방법으로 인생에 유용한 철학체계와 지혜를 얻으려 노력하였다.

18세기 들어 휴머니즘은 계몽주의 사상가들에게 계승되어, 자연에 관한 과학적·합리적 접근뿐만 아니라, 사회·정치·경제 등 각 분야에 걸쳐 인간성을 확충(擴充)하려는 움직임으로 나타났다.

오늘날 휴머니즘은 다양한 관점에서 논의 된다. 어떤 사람은 인간은 피조물이기 때문에 인간을 초월한 절대자나 신(神과)의 관계에서만 비로소 인간성을 실현할 수 있다고 주장하는 반면, 어떤 사람은 인간은 자연의 일부로서 인간의 자연적 소질을 발전시켜나갈 때만 참다운 인간성에 도달할 수 있다고 주장한다. 그런가 하면 또 다른 사람은 과학이나 기술의 합리성을 추구할 때만 진정한 인간성이 확충된다고 주장하고, 또 다른 사람은 인류의 과학 기술의 발달은 오히려 인간을 기계 문명의 노예로 만들어 인간성이 완전히 유린되었다고 주장하기도 한다.
어떻든 휴머니즘 자체를 초월하려는 노력이 바로 휴머니즘의 본질이이며, 진정한 휴머니즘은 역설적이게도 그러한 자기관점, 자기중심주의에서 탈피하여 휴머니즘을 실현하려는 과정에 있다고 말할 수 있다.

제12화

아홉 개의 빈 병

윌리엄의 집안

　윌리엄은 노스캐롤라이나 주 길포드 카운티의 블루리지 산맥 기슭에 자리한 인구 2천 5백 명 정도의 조그마한 마을에서 태어났다.
　그의 할아버지는 코네티컷 주에서 이곳 그린즈버러 마을로 이주해 온 시계 기술자로서, 모험과 방랑을 좋아하는 사람이었다. 윌리엄이 로맨스를 좋아하고 언제나 거리의 모퉁이에 흩어져 있는 그 무엇을 쫓아다닌 것도 바로 할아버지로부터 물려받은 기질이다. 그의 할아버지는 명랑하고 술이 셌으며, 사람들과 어울리기를 좋아했다. 아무하고나 어울려 왁자지껄 농담을 주고받거나 노래 부르기를 좋아했으므로 마을 사람들로부터는 많은 사랑을 받았다. 그러나 자기 직업에 대해서만큼은 그다지 큰 열정을 보이지 못했다.

한편 그의 할머니는 기질이 강한 여자로서, 남편이 일곱 아이와 저당 잡힌 집만 남겨놓고 죽었을 때도 푸념 한 마디 하지 않고 훌륭하게 가정을 지켜 아이들을 길러낸 여자이다. 그러나 늙어서는 뚱뚱하게 살이 찐데다 날마다 문간의 흔들의자에 앉아 고달프게 코담배를 맡거나 파이프 담배를 물고 있어서 손자에게 그다지 유쾌한 기억을 심어주지는 못했다.

이런 혈통을 가진 윌리엄의 아버지는 의사로서 그린즈버러에 작은 병원을 개업하고 있었는데, 처음에는 사람들도 잘 사귀고 환자들에게도 친절하여 꽤 평판이 좋았다. 하지만 차츰 발명에 몰두하기 시작하여 병원 일을 돌보지 않았다. 그러다 나중에는 미치광이 소리를 들어가면서도 쓸데없는 기계장치의 발명에 골몰하여 가산을 탕진하고 모두 실패하자 만년에는 줄곧 술로 세월을 보냈다.

그런 반면 그의 어머니는 내력이 좋은 그 지방 유지 집안에서 태어나 일찍이 프랑스어와 미술을 배운 엘리트였다. 그림에 남다른 재주가 있었고 문장 실력도 좋았다. 젊은 시절부터 기지가 뛰어났는데, 특히 언어에 대해서는 날카로운 센스를 가진 여자였다. 하지만 불행히도 윌리엄이 3살 때 그만 폐병으로 세상을 떠나고 말았다.

윌리엄의 어린 시절

이렇게 해서 어린 나이에 고아 아닌 고아가 된 윌리엄은 노처녀인 고모에게 의탁하여 자라났다. 그의 고모는 생활비를 버는 수단으로 집에 사숙(私塾)을 차려 이웃 아이들을 가르쳤고, 윌리엄도 다른 아이들과 함께 그녀의 가르침을 받았다. 결혼하지 않고 혼자 사는 윌리엄의 고모는 문학을 좋아해서 유럽의 고전에 밝았으며, 남부 여자다운 억센 기질과 청교도적인 윤리관도 함께 가지고 있었다. 학생들에 대해서는 매우 엄격한 교사로서, 할 일을 안 하거나 나쁜 장난을 치면 회초리로 엄하게 다스렸다. 그러나 한편으로는 아이들이 따분해하지 않고 재미있게 공부할 수 있도록 배려해 주는 아주 좋은 교사였다. 그녀는 곧 조카 윌리엄이 공부에 대단한 흥미를 가지고 있을 뿐만 아니라, 문학에 남다른 재능을 지니고 있다는 사실을 발견했다.

가끔 이 사숙에서는 수업이 끝난 뒤, 선생님을 둘러싸고 밤이나 옥수수를 구워먹으며 아이들이 번갈아 자신만의 이야기를 발표하곤 했다. 스스로 창작해낸 이야기도 있었고, 체험담도 있었으며, 할아버지나 할머니에게서 들은 동화나 전설을 발표하는 아이도 있었다.

여느 아이들과 다르게 이야기를 잘 하는 윌리엄은 종종 기상천

외한 이야기를 생각해내서 듣는 사람들로 하여금 탄성을 지르게 하곤 했다. 또 그는 가끔 칠판 앞에 서서 한 손으로 산수 문제를 풀면서, 다른 한 손으로는 선생님의 얼굴을 그림으로 그리다가 그녀가 돌아보면 얼른 지워버리는 재주도 선보여 아이들의 부러움을 샀다. 그리고 이 시기에 윌리엄은 고모의 권유에 따라 유럽의 여러 명작들을 즐겨 읽었으며, 특히 어떤 소설은 몇 번이고 반복해서 읽었다.

윌리엄은 열 너 댓살쯤 되자 친구들과 함께 종종 노스캐롤라이나 주의 각지를 여행하고 다녔다. 그는 긴 캠프여행을 떠나 여러 도시와 마을을 돌아다니기도 했는데, 방문한 도시와 마을에 깊은 흥미를 느끼고 그 고장의 특징과 주민들의 성향을 세밀하게 관찰해서 머릿속에 단단히 새겨 넣곤 했다.

그러나 여전히 아버지가 의사 노릇을 못하고 고모가 살림살이를 꾸려나가는 형편이었으므로, 그는 상급학교 진학을 포기한 채 큰아버지가 경영하는 약방의 점원으로 취직했다.

코튤라의 대 목장

의약품과 잡화를 겸해서 파는 큰아버지의 약방은 그린즈버러의 여러 사람들이 모이는 장소로서, 특히 남부인들이 많았다. 그들은 순수 남부인임을 자랑으로 삼고, 오랜 남부의 전통에만 매달려 새로운 시대의 변화에 따르려 하지 않는 고집스런 사람들이었다. 윌리엄의 눈에는 이러한 그들의 행태가 매우 우스꽝스럽게 비쳐져, 그는 그런 사람들을 대상으로 만화를 그림으로써 타고난 풍자 욕을 채워나갔다. 윌리엄은 각 인물들의 특징을 교묘하게 포착해서, 단순한 선만으로 날카롭게 표현하는 남다른 재능을 가지고 있었다. 그가 이렇게 다양한 인물들의 풍자화를 그리는 동안 그는 차츰 사회생활에 대한 눈을 떴고, 마침내는 그림마다 하나의 주제를 갖게 되기 시작했다. 그리고 주제를 군더더기 없이 간결한 선만으로 살리는 자신만의 재능을 더욱 발전시켜 나갔다.

그러다 약방 일에 차츰 싫증이 나기 시작한 윌리엄은 그 즈음 업무상 우연히 알게 된 같은 마을의 제임스 홀이라는 의사로부터 텍사스의 목장에 있는 자기 아들을 찾아가는 여행에 동행하지 않겠느냐는 제의를 받았다. 호기심 많은 윌리엄은 제임스 홀 의사의 장남이면서 산림경비대장으로 널리 용맹을 떨치던 리 홀 대위를 만날 수 있다는 기대감과 광활한 평원에서의 자유분방한 카우보이 생활에 크게 끌렸다. 그래서 그는 즉각 텍사스로 가자는 홀 의사의 제안에 동의했다.

그린즈버러에서 코툴라까지는 기차로 꼬박 4일이나 걸렸다. 그리고 도중에 몇 번이나 기차를 갈아타야만 했다. 홀 의사 부부와 갓 스물이 된 윌리엄은 함께 휴스턴에서 샌안토니오를 거쳐 코툴라에 도착했다. 그런 다음 거기서 4륜 마차를 타고 끝없이 펼쳐진 평원을 가로질러 갔다.

목장의 면적은 무려 40만 에이커나 되었으며, 기르는 가축의 수는 소가 1만 2천 마리, 양이 6천 마리나 되었다. 이 목장은 펜실베이니아 주에 사는 딜 형제의 소유로 '딜 목장'이라고도 불리었는데, 리 홀 대위가 관리하고 있었다.

이미 세상에 대한 남다른 예지의 눈을 뜨기 시작한 윌리엄은 그 땅의 기후, 풍토, 인심, 습관 등에 대해 깊은 흥미를 느꼈다. 이 고장은 비가 적고 주민이 거의 없는데다 숲이 빽빽하여 전과자들에게는 안성맞춤의 은닉처였다. 인근 텍사스뿐만 아니라 멀리 멕시코로부터도 온갖 범죄자들이 흘러 들어와 이 고장에 숨어 살고 있었다. 그래서 목장 관리인인 리 홀 대위는 산림 경비대에 있을 때 못지않게 바쁘고 위험한 나날을 보내고 있었다.

윌리엄은 리 홀 대위로부터 무법자에 관한 이야기, 신림 경비대에 관한 이야기, 양을 치는 멕시코인에 관한 이야기, 카우보이에 관한 이야기 등을 상세히 들을 수 있었다.

윌리엄은 리 홀 대위의 동생, 딕 홀 가족과 함께 통나무집에서 살았다. 방이 좁아 딕의 처남 휴즈와 함께 처마 밑에 가마니를 깔고 잤으며, 딕과 휴즈한테서 카우보이 기술을 배웠다. 그래서 1년쯤 후에는 승마와 사격, 로프 던지는 일 등을 할 수 있는 훌륭한 카우보이가 되었다. 윌리엄은 일을 하다가 쉴 때는 느릅나무 그늘에서 기타를 치기도 하고, 양치는 멕시코인의 노래를 배우기도 했다. 이 무렵이 그에게는 가장 평화롭고 낭만적인 시간이었다.

목장에서 토지관리사무소로

게으름을 모르는 윌리엄은 목장 생활 동안, 혼자 프랑스어와 독일어를 배우기 시작했다. 그러나 곧 그만두고 스페인어에 열중하기 시작해서 꽤 진전을 보았다. 그리고 영어 공부도 결코 게을리하지 않았다. 그는 언제나 웹스터 사전을 곁에 두고 틈만 나면 펼쳐 보았다. 그에게 있어 사전은 단지 낱말의 뜻을 알기 위한 것이 아니라 사상의 원천이자 언어의 보고였던 것이다. 그래서 그의 언어 실력은 더욱 풍부하고 다채로워졌다.

윌리엄의 목장 생활은 약 2년 동안 계속되었다. 22살 되던 해에 그는 목장 생활을 청산하고 노스캐롤라이나 주의 수도인 오스틴으로 갔다. 수도라고는 하지만 당시 오스틴의 인구는 1만 명 정도에 불과했다. 그러나 그 도시는 남부의 오랜 문화와 북부의 새로운 문화가 교차하는 의미 있는 곳이었다.

윌리엄은 목장에서 알게 된 한 광산업자의 소개로 그린즈버러 출신 조하럴이라는 사람의 집에 기거하게 되었다. 그러면서 어떤 약품 회사에 근무하게 되었는데, 그린즈버러에서의 약방 점원과 같은 일이었으므로 시시해서 두 달쯤 근무하다 그만두고, 한동안 그림을 그리거나 책을 읽으면서 시간을 보냈다. 그러다 이듬해 가을 친구 아버지가 경영하는 토지회사의 사무원으로 들어갔다. 급료는 1백 달러였고 그는 이 급료에 만족했다.

1년이 지난 뒤, 산림경비대장 리 홀 대위의 동생 딕 홀이 텍사스 주 토지관리관으로 선출되었다. 윌리엄은 딕 홀의 권유에 따라 다음해 1월 텍사스 토지관리사무소로 직장을 옮겼다. 그는 이 직장에서 4년 간 근무하게 되는데, 처음에는 등기계에서 일했으며, 급료는 한 달에 1백 달러씩 받았다. 그는 잡다한 등기 업무에 대해 별로 매력을 느끼지 못했지만 토지 문제를 둘러싼 분쟁을 세밀히 관찰할 수 있는 데는 좋은 계기가 되었다. 대부분의 분쟁사건들은 많은 극적 요소들을 배경으로 하고 있어서 그의 상상력을 한껏 자극했고, 인생의 간접경험으로 축척되었다.

에이돌과의 만남

윌리엄이 에이돌 에스티즈와 처음 만난 것은 23때이다. 그때 그는 텍사스 토지관리사무소에 근무하고 있었는데, 주 의사당 준공 기념 축하 무도회장에서 그녀를 만났다. 에이돌은 테네시 주 클래스빌에서 태어난 18세의 아리따운 아가씨로, 파티에서 청년들의 인기를 독차지했다. 그녀는 몸집이 작고 화사했으며, 평소 사소한 일에 대해서도 입속으로 나직이 기도를 하는 신앙심 깊고 마음씨 고운 처녀였다.

윌리엄은 1년간 에이돌을 지켜본 뒤 그녀에게 청혼을 했다. 에이돌의 부모님은 윌리엄의 인물됨에 대해서는 이의가 없었으나, 그의 경제력에 불안을 느끼고 두 사람의 결혼을 선뜻 수락하지 않았다. 그래서 윌리엄은 일을 저지를 결심을 하는데, 마침 이듬해 여름 생각지도 않은 좋은 기회가 찾아왔다.

그날 에이돌은 어머니의 심부름으로 시내에 나가게 되어 있었다. 옷이 한군데 터져 있긴 했지만, 도중에 아무도 만나지 않고 돌아올 수 있으리라 생각한 그녀는 부랴부랴 집을 나섰다.

윌리엄과 에이돌이 노상에서 만난 것은 완전한 우연이었다. 윌리엄은 이 기회를 놓치지 않았다. 그는 다짜고짜로 에이돌을 마차에 태워 교회에 데리고 갔다. 마차에서 내린 그녀는 옷이 터졌다며 교회에 들어가지 않으려했으나, 윌리엄은 성큼 그 자리에 웅크리고 앉아 에이돌의 터진 옷에 핀을 꽂아주고, 그녀를 끌다시피 하여 교회로 들어갔다. 이렇게 해서 두 사람은 전격적으로 결혼식을 올렸다. 윌리엄이 25세, 에이돌이 19세 때였다.

두 사람은 텍사스 토지관리사무소 가까운 곳에 방을 얻어 신접살림을 차렸다. 그들의 신혼생활은 행복했다. 윌리엄은 진심으로 에이돌을 사랑했고, 에이돌도 병약한 몸이었지만 헌신적으로 남편을 섬겼다. 윌리엄의 문학 재능을 발견하고 적극적으로 소설을 쓰라고 권한 것도 그녀였다. 윌리엄은 그림 그리는 것만큼이나 글쓰기도 좋아했으며, 이미 몇 편의 스케치풍 글을 쓴 적이 있었다. 전문적인 소설가가 될 생각을 한 적은 한 번도 없지만 사랑하는 아내의 격려를 받고 두 편의 단편 소설을 써서 잡지사에 보냈더니,

그것이 당선되어 6달러의 원고료까지 받았다. 그가 글을 써서 수입을 올린 것은 이것이 처음이었다.

이듬해, 두 사람 사이에서 사내아이가 태어났다. 그러나 곧 죽고, 2년 뒤에는 딸 마거리트가 태어났다. 에이돌은 마거리트가 태어난 후 산후조리를 잘 못해, 몇 주일 동안이나 생사의 기로를 넘나들었다. 그러다가 약간의 회복세를 보였을 때 윌리엄은 아내와 딸을 데리고 처가로 갔다. 처가에서 아내의 완전한 회복을 기다린 지 2년 만에 그는 다시 오스틴으로 돌아와 토지관리사무소에 복직하고 조그만 집을 얻어 정착했다.

윌리엄은 뒷마당에 있는 창고를 개조하여 서재를 만든 다음, 많은 장서를 사 모았다. 그리고 시간만 있으면 그 서재에 틀어박혀 가벼운 스케치풍의 글을 쓰거나 짤막한 콩트를 쓰곤 했다.

롤링스톤

텍사스 주 토지관리관이었던 딕 홀이 주지사 선거에 출마하여 낙선하자, 윌리엄도 얼마 안 있어 토지관리사무소를 그만두고 한 달 뒤에는 퍼스트내셔널 은행의 출납계원으로 들어갔다. 그러나 그가 은행의 출납 일을 보게 된 것과 재직 중에 신문 발행에 손을 댄 것은 불행히도 장차 에이돌과의 단란한 결혼생활을 송두리째 파괴하는 시발점이 되고 만다.

사실 그 무렵, 퍼스트 내셔널은행의 경영은 엉망진창이었다. 당좌대월은 일상 다반사였고, 은행 임원이나 시의 유력자들은 서명도 없이 예사로 현금을 꺼내갔다. 심지어 어떤 사람은 이미 돈을 인출해갔으면서도 잔고가 없다고 하면 오히려 출납계원을 호통 치는 사람도 있었다.

윌리엄은 은행의 출납계원이 된 것을 무척 후회했지만, 달리 생활비를 벌 수단도 없고 해서 그럭저럭 은행에 계속 근무했다. 그동안 그의 수입은 한 달에 1백 달러를 넘지 못했으므로 가계는 언제나 적자였다. 때문에 잘만 하면 큰돈을 벌지도 모른다는 기회가 찾아왔을 때 그는 서슴지 않고 그것을 잡았다. 즉 그해 4월, 〈아이코너클래스트〉라는 월간 신문을 발행하던 사람이 오스틴을 떠나면서 그 신문을 공장과 함께 250달러라는 헐값에 내놓자 그것을 인수한 것이다. 그는 아내와 친구들의 도움으로 그 신문을 인수하여 〈롤링스톤〉이라는 이름의 주간 신문으로 발행할 계획을 세웠다.

그는 곧 은행을 그만두고 신문 경영과 편집 일에 전념했다. 신문 기사도 자기가 직접 썼다. 낮에는 편집 일을 하고, 그 이후엔 길거리를 돌아다니며 취재를 했다.

인생의 패잔병들이 몰려드는 뒷골목의 구질구질한 술집에서 그들과 함께 싸구려 술을 마시기도 하고, 호화로운 저택에서 열리는 상류계급의 파티에 참석하여 신사 숙녀라 불리는 사람들의 행태를 들여다보기도 했다. 이런 탐방을 통해서 그는 차츰 인생을 꿰뚫어 보는 날카로운 관찰자로 변모해 갔다.

그러나 신문 경영은 적자가 누적될 뿐이었다. 발행 부수가 1,500부 이상 늘지 않았다. 게다가 신문에 게재한 그의 만화로 인해 독일계 시민의 반감을 사는 바람에 광고 수입이 크게 줄었다. 마침내 주간신문 〈롤링스톤〉은 1년을 넘기지 못하고 폐간되고 말았다.

상처

반년쯤 쉬고 난 윌리엄은 프리랜서 기자로 몇몇 매체에 기사를 쓰다가 친구들의 도움으로 〈휴스턴포스트〉 신문사에 취직했다. 그래서 그는 그해 11월 가족과 함께 휴스턴으로 거처를 옮겼다.

〈휴스턴포스트〉의 경영자 존스턴은 윌리엄이 그림에 남다른 재주를 지녔다는 것을 알고, 그에게 만화를 그리게 하여 신문에 실었다. 시사 문제를 풍자한 그의 만화는 곧 〈휴스턴포스트〉지의 인기 연재물이 되었다. 그리고 다른 신문사들도 앞 다투어 그의 풍자만화를 게재하자는 제의를 해왔다. 이렇게 해서 그는 수입도 늘고 지위도 안정되어 오랜만에 평온한 생활로 돌아갔다.

그런데 얼마 되지 않아 그에게 또다시 재난이 들이닥쳤다. 몇 년 전 근무했던 퍼스트내셔널 은행이 난데없이 그에게 4,702 달러의 공금 횡령 혐의가 있다는 이유를 들어 오스틴 법원에 고소장을 제출했던 것이다.

윌리엄은 곧 체포되어 오스틴 경찰서로 호송되었다. 조사를 받고 난 그는 아내의 병세 악화를 사유로 일단 보석 절차를 밟고 집으로 돌아왔다. 그리고 〈휴스턴포스트〉지의 일을 계속하다가, 다음 달 초 재판을 받기 위해 오스틴 법원으로 가는 도중 오스틴 행 기차를 타는 대신 뉴올리언스 행 기차를 타버렸다.

뉴올리언스에서 그는 자신의 이름을 바꾸고 그곳 신문사에 취직하여 잠시 기자 생활을 했다. 아내 에이돌과는 법원 당국의 눈을 피해가며 은밀히 친구들과 접촉해서 편지를 주고받았다.

얼마 후, 윌리엄은 뉴올리언스를 떠나 중남미에 있는 온두라스의 트루히요로 은신했다. 거기서 그는 앨 제닝스라는 사람과 알게 되었는데, 제닝스는 열차강도질을 하고 당국에 쫓겨 동생 프랑크와 함께 이곳에 도망 와 있는 사람이었다. 그는 강도 치고는 성품이 좋고 싹싹해서 윌리엄과 금방 친해졌으며, 종종 셋이서 바닷가를 거닐거나 시내를 쏘다니거나 술집에서 포커를 치곤했다.

그는 이따금 그들 형제에게 '다시는 미국에 돌아가고 싶지 않다. 가족들을 데리고 와서 이 나라에서 안전하게 살고 싶다'라고 말하곤 했는데, 그러한 열망도 꿈일 뿐, 미국에 있는 아내가 위독하다는 전갈이 왔다. 윌리엄은 돌아가면 체포될 것을 뻔히 알면서도 아내를 만나기 위해 다시 미국으로 돌아갔다.

수척할 대로 수척해진 몸으로 병상에 누워 있는 아내를 바라보면서 윌리엄은 참회의 눈물을 흘렸다. 그리고 며칠 뒤 친구와 함께 자진해서 오스틴 법원에 출두했다. 다행히 친구들의 보증과 탄원으로, 다시는 도망치지 않겠다는 조건하에 보석이 허가되었다.

그는 밤낮으로 열심히 아내를 간호했다. 그러나 에이돌은 끝내 건강을 되찾지 못하고 그가 돌아온 지 5개월 만에 숨을 거두고 말았다. 그녀의 나이 겨우 29세, 윌리엄은 깊은 슬픔에 빠졌다.

시련과 성공

아내가 죽은 뒤 열린 재판 결과 윌리엄은 유죄 판결을 받고 5년 형을 언도받았으며, 이듬해 4월 오하이오 주 교도소에 수감되었다.

교도소 생활은 그가 상상한 것보다 훨씬 비참한 것이었다. 그는 일기장에 그 비참함을 이렇게 남겼다.

"여기서는 자살이 피크닉처럼 흔하고, 폐병이 독감보다 더 흔하다. 나는 인간의 생명이 이렇게 싸구려로 간주될 줄은 상상도 못했다. 이곳에서는 인간이 영혼도 감정이 없는 동물로 간주될 뿐이다."

그나마 다행인 것은 그가 모범수였기 때문에 약방에서 일한 경험을 살려 교도소 내 약국에서 야간 담당으로 일하게 되었다는 것이었다. 교도소의 의사나 직원들은 그의 성실함과 겸허한 인품에 호의를 느끼고 나중에는 존경까지 하게 되었다. 그는 교도소 복역기간 중 틈틈이 소설을 썼다. 소설의 세계 속으로 따져듦으로써 아내를 잃은 큰 슬픔과 어린 딸과의 생이별, 그리고 그 밖의 시련의 현실을 잊고 싶었는지도 모른다.

윌리엄은 모범적 수감생활을 통해 5년 형기를 3년 3개월로 단축시켰다. 그리고 복역을 마치고 출소하자마자, 죽은 아내의 친정에 맡겨둔 딸 마거리트를 찾아 피츠버그로 갔다. 그는 그곳에 이듬해 봄까지 머물면서 오직 소설 쓰기에만 몰두하였다. 그러다가 30세 되는 해 봄, 피츠버그를 떠나 뉴욕으로 갔다.

　빈민가의 싸구려 여관방에서 이틀 밤을 묶은 뒤, 그는 〈에인즐리매거진〉의 편집장 길먼 홀을 찾아갔다. 일찍이 윌리엄의 독특한 재능을 간파하고 있던 길먼 홀은 그를 위해 매디슨 스퀘어 근처에 조그만 아파트 한 채를 얻어주고 열심히 집필할 것을 권했다. 이에 힘을 얻은 윌리엄은 그날부터 오로지 소설쓰기에만 몰두하였다.

　열심히 매진한 결과 그가 뉴욕에 나온 지 채 1년이 되기도 전에 여러 잡지와 신문들은 다투어 그의 작품을 게재하겠다고 나서기 시작했다. 드디어 그는 〈뉴욕월드〉지와 편당 1백 달러로 매주 한 편씩 작품을 제공한다는 계약을 맺었다.
　그는 마치 잠겨있던 재능의 밸브가 열리기라도 한 듯, 분수처럼 작품을 쏟아내기 시작했다. 일주일에 한 편이라는 놀라운 열정과 재능은 힘찬 행진을 계속해 나갔다. 그리하여 그는 빠른 시간 안에 명성도 얻고 수입도 늘었다. 이제 그에게는 한 달에 5백 달러 내지 6백 달러쯤의 수입이 생겼을 뿐만 아니라, 당당히 인기작가의 반열에 그 이름을 올렸다. 그는 당시 유행 작가들과는 전혀 다른 작품의 면모를 보여줌으로써 전국의 독자들로부터 열렬한 환영을 받았다.

  윌리엄은 자신의 작품 무대를 주로 뉴욕에 한정시켰다. 당시 미국은 근대 자본주의의 발흥기였다. 그래서 뉴욕에는 근대 자본주의가 낳은 샐러리맨들의 소시민적 생활이 넘쳐나기 시작했다. 더불어 그러한 소시민적 생활상은 그에게 아주 안성맞춤의 소설 소재가 되어 주었다
  이 무렵 윌리엄의 일상생활은 지칠 줄 모르는 탐방과 그것을 소재로 한 창작활동에 집중되었다. 그는 낮이나 밤이나 틈만 나면 거리에 나가서 공원 구석을 서성거리기도 하고, 지저분한 뒷골목을 쏘다니기도 하고, 싸구려 술집에 찾아들어 가기도 하는 등 뉴욕 시내를 누비고 다니면서 실제 인생의 뒷면을 속속들이 관찰했다. 그리고 그러한 것들을 아주 적절하게 자신의 소설 속에 엮어 넣었다. 그는 이른바 근대 자본주의의 중심지 뉴욕에서 동양적 환상이 담긴 아라비안나이트의 매력과 색채를 이끌어내려 했다. 그는 뉴욕이란 무대에 신들린 로컬 칼럼리스트였으며, 뉴욕을 바그다드로 볼 수 있는 눈을 가진 로맨티스트였다.
  언제나 상황에 부합하는 인물을 설정을 하고 이야기의 흐름과

인간성의 관계를 올바로 포착하여 일관되게 유지한다는 점은 그 누구도 흉내 낼 수 없는 그만의 장점이었다. 이런 특징이 그가 언제까지나 많은 독자들을 유지할 수 있는 그의 가장 큰 밑천이었다.

이렇게 해서 1904년 그의 첫 단편집이 나온데 이어 1906년에는 두 번째 단편집이 나왔고, 두 권의 단편집이 나옴으로써 그의 작가적 지위는 더욱 확고해졌다.

아홉 개의 빈 병

1905년 봄, 윌리엄은 소꿉친구인 샐리 콜먼이라는 여자한테서 뜻밖의 편지 한 통을 받았다. '단편 〈목장의 마담 보피브〉의 작가가 아무래도 어릴 때 자기와 같이 놀던 윌리엄 포터 같은데 그 사람이 맞느냐?'는 문의 편지였다. 그녀의 추측은 옳은 것이었다.

⋮

왜냐하면 그 소설의 작가 'O. 헨리'는 바로 윌리엄 본인이었기 때문이다. 정확히 말해 윌리엄 시드니 포터(William Sidney Potter)는 'O. 헨리'라는 필명을 사용해 그 단편을 썼던 것이다.

윌리엄이 본격적으로 'O.헨리'라는 필명을 사용하기 시작한 것은 그가 오스틴에서 토지관리 사무원으로 근무할 당시부터이다. 당시 그에게는 '건방진 헨리'라고 이름붙인 고양이가 있었는데, 그 고양이를 부를 때 그저 '헨리'라고만 해서는 뒤를 돌아보지 않았다. 그러나 그가 '오! 헨리'라고 부르면 금방 달려와서 몸을 비벼대곤 했다. 이런 이유로 윌리엄은 자신의 필명을 'O.헨리'로 사용하기 시작했던 것이다.

유년시절의 소꿉친구였던 샐리 콜먼에게 답장을 보낸 것을 계기로 두 사람 간의 어린 날의 우정은 되살아났다. 그들은 편지를 주고받는 사이 마침내 결혼을 약속하는 단계로까지 발전했다. 그리하여 2년 뒤인 1907년 12월에 두 사람은 샐리가 살고 있는 내시빌에서 결혼식을 올렸다. 이때 O.헨리의 나이는 45세였다.

그들 부부는 뉴욕에서 새 살림을 차렸다. 그리고 헨리는 전처의 처가에 맡겨 두었던 딸 마거리트를 데려왔다.

하지만 두 사람의 이 결혼생활은 그리 행복하지 못했다. 이 무렵부터 헨리의 집필 속도는 눈에 띄게 느려지고, 술을 마시는 날이 많아졌다. 헨리는 창작이 잘 되지 않는 초조함에서 벗어나기 위해 점점 더 술을 마시게 되었고, 샐리와의 사이도 차츰 금이 가기 시작했다.

1908년 가을, 마침내 아내가 내시빌로 떠나자 헨리는 딸을 잉글우드의 기숙학교로 보내고 자기는 혼자 뉴욕에 남았다. 그리니치빌리지의 한 작은 아파트로 거처를 옮긴 그는 사람들 앞에 나가지 않고, 조용히 자기만의 세계에 몰입하기 시작했다. 그때부터 그는 누구에게도 흉금을 털어놓고 얘기하는 일이 없었고, 고집스럽게 자기만의 세계를 지켰으며, 자신의 내부로는 아무도 발을 들여놓지 못하게 하기 시작했다.

고독한 혼자만의 세계에 침잠하는 동안 극도로 건강을 해친 헨리는 1909년 일단 아내가 있는 내시빌로 가서 1년쯤 요양생활을 했다. 그리고 이듬해 3월 다시 뉴욕으로 돌아왔다.

그 후 그는 죽음을 맞이할 때까지 마지막 석 달 동안 아무도 만나지 않았다. 전화 수화기는 아예 내려놓고, 혼자 아파트에 틀어박혀 병마와 싸우면서 열심히 원고를 썼다. 그러나 결국 병원으로 실려 가게 되었고, 그때까지 며칠 동안을 어떻게 지냈는지는 수수께끼로 남아있다. 다만 그가 병마와 싸우면서 누워있던 침대 밑에는 아홉 개의 빈 위스키 병만이 나뒹굴고 있었다.

그가 남긴 페이소스

그의 임종을 지켜본 사람은 의사 단 한 명 뿐이었다. 그가 죽은 이튿날인 1910년 6월 6일 일자 〈뉴욕트리뷴〉지는 작가 O.헨리의 죽음을 알리는 기사에서 사망원인을 간경화증으로 보도하면서 다음과 같은 의사의 말을 인용해서 실었다.

"그의 간경화는 극도로 악화되어 있었다. 소화기관은 못쓰게 되었고, 신경은 손도 못 댈 상태였다. 그리고 심장은 작은 충격에도 지장을 받을 만큼 악화되어 있었다."

숨을 거둘 때 O.헨리는 '뉴욕을 볼 수 있도록 커튼을 올려주세요. 어둠 속에서 고향으로 돌아가고 싶지는 않아요.'라고 말했다고 한다.

장례식은 그가 생전에 즐겨 찾던 매디슨 스퀘어 근처의 조그만 교회에서 거행되었다. 그리고 유해는 고향인 노스캐롤라이나 그린즈버러에 묻혔다.

48년 이라는 짧은 인생기간 동안 수많은 시련을 겪으면서, 그러나 열정적으로 '인생의 그 무엇'을 찾아 헤맨 O.헨리. 그는 10년이 채 안 되는 작가 생활을 통해 무려 300여 편에 가까운 주옥같은 단편들을 남겼다. 그의 대표작으로는 우리에게 너무나 잘 알려진 〈마지막 잎새〉, 〈현자의 선물〉, 〈경관과 찬송가〉등이 있다.

전형적인 스토리텔러로서 끝내 경제적인 풍요를 누리지 못하면서도, 그가 보인 위트와 페이소스는 그만이 보인 독특한 인생관이다. 그의 작품에는 풍부한 상상력과 확고한 구상력, 결말의 의외성 등이 살아 있고, 작품마다 거의 예외 없이 마음 속 깊은 곳에서 저절로 솟아나오는 따뜻한 웃음과 콧등이 시큰해지는 눈물이 있다. 이것은 그가 현실적인 세상사와 인간의 심리를 예리하게 꿰뚫어 보는 비범한 능력의 인생관찰자였을 뿐만 아니라, 그 자신이 따뜻하고 다정한 마음을 지닌 휴머니스트였다는 것을 반증하는 사실이기도 하다. 그래서 O.헨리의 전기를 쓴 로버트 데이비드는 이렇게 말했다.

"나는 우울할 때 O.헨리를 읽는다."

인생의 가장 큰 결함은 그것이 불완전하다는 사실이다.
— O. 헨리 —

※ 이 글 〈아홉 개의 빈 병〉은 편·역자가 로버트 데이비드가 쓴 〈O.헨리 전기〉를 인용하여 O.헨리 단편 형식으로 재구성한 것이다.